연둣빛 행성

PoemCafe 빈터문학회지 18집

연둣빛 행성

장인수 외

달아실

일러두기

이 책의 보조용언 합성명사의 띄어쓰기 등 일부 맞춤법은 시인들의 개성에 따른 것임으로 국립국어원의 맞춤법과는 다를 수 있음.

머리말

빈터문학회는 2000년에 시작하여 물경 23년 동안 쉬지 않고 활동해온 문학 모임입니다. 빈터에 아낌없는 박수와 격려를 보내주신 모든 시인과 독자분들 덕분입니다. 진심으로 감사합니다.

온갖 웃음을 울고, 울음을 웃으면서 여기 열여덟 번째 회지를 세상에 내놓습니다. 우주적 상상력의 새로운 시적 지평을 개척한 고(故) 김길나 시인의 작품 세계를 특집으로 꾸몄습니다. 이 자리에 김길나 시인의 미발표 발굴작 15편을 선보이게 되었습니다. 매우 뜻깊은 작업이라고 생각합니다.

빈터문학회는 앞으로도 뚜벅뚜벅 문학의 길을 열심히 가겠습니다. 애정을 가지고 지켜봐주십시오.

2024년 1월

장인수
빈터문학회 회장

차례

2부. 빈터문학회원 신작시

부록. 빈터문학회

1부

고 _故 김길나 시인 특집

사진 속 김길나 시인

고(故) 김길나 시인

2015년 3월 28일 김정수 시인 초청강연에서 시낭독하는 김길나 시인

안산의 어느 공원에서(김혜선 시인 자녀 결혼식 참석 후)

2018년 3월 2일 〈제2회 빈터 시낭독회〉(서울시민청 태평홀)에서

2017년 7월 9일 〈제20회 빈터 여름문학캠프〉(안성 칠현산방)에서

김길나 시인 연보

■ 약전略傳

본명 김명희. 1940년 12월 9일 전남 순천 출생. 순천여
고, 한국 가톨릭교리신학원 졸업. 20대 초반 가톨릭으로
귀의(본명: 베로니카). 교리신학원을 거쳐 선교사로 활동.
55세 나이로 등단하며 '길을 낸다'는 뜻의 '길나'로 필명
을 씀. 2022년 9월 8일 향년 82세로 작고.

■ 목회활동

1970년~2011년 가톨릭 선교회 선교사
1988년~1990년 교정사목

■ 창작활동

1995년 시집 『새벽날개』(동산출판사)로 작품활동 시작
1996년 「빠지지 않는 반지」외 3편 『문학과사회』 발표
1997년 시집 『빠지지 않는 반지』(문학과지성)
2003년 시집 『둥근 밀떡에서 뜨는 해』(문학과지성)

2008년 시집『홀소리 여행』(서정시학)

2013년 수필집『잃어버린 꽃병』(황금알)

2014년 시집『일탈의 순간』(황금알)

2015년 아르코 문학창작기금 수혜

2016년 시집『시간의 천국』(천년의시작)

2016년 제13회 순천문학상 수상

2018년 시집(전자책)『그라나다』(디지북스)

연둣빛을 따다

나무들이 차려 입은 사월의
연둣빛에 흠뻑 반한 여자가
나무에 귀를 대고 엿듣고 있다
연둣빛에서
방싯방싯 열리는 아기의 웃음소리,
옹알옹알 새나오는 아기의 옹알이를
새겨듣고 있다
아기 나라의 연둣빛 모국어를 알아듣는
여자가 연둣빛을 따 가슴에 안았다

비바람에 휩쓸린 흔적들 골골이
주름진 얼굴, 그 주름에 스며 있는
그녀의 연둣빛이 오늘 싱싱하다

아침의 정적

모른다고

오늘 무슨 일이 일어날지
모른다고
아침의 고요가 발설하는,

고요가 고요를 깨뜨리고
침묵이 침묵을 파손하는
소란한 고요

그러나 일출이
고요의 가면을 벗기고
뿜어내는 것은
빛이다 빛의
눈부신 정적이다!

잠시 실려 가다

달리는 전동차의 동력은 바깥을 사라지게 하는
힘, 그리고 안을 바꾸는 힘

안과 밖의 사람들이 수없이 교체되고 있다

우리는 사라지는 바깥을 붙잡아 수집하지 못함을
아쉬워하고 지금의 내경은 등한시한다
바뀌는 상황 속에서도 안착을 선호하는 우리의
내면은, 그러므로 변혁되지 않았다

기다리는 것은 하차의 차례라고
미각을 즐기는 입이 내 귀에 대고 말을 전한다

도착

걷는다

나아간다

도착이다
더는 갈 곳 없는 도착이다

목적 없는 최후 목적지에서

그들은 어디로 사라졌을까?

폰의 파도소리

찰각, 카메라 한 방에
흐르는 바다를 손 안으로 옮겨놓고
포효하는 해안가를 거닐었다

거리들이 좁혀지고 지인들이
물 위를 걸어와 얼굴을 두고 갔다
얼굴들은 손 안의 폰 속으로 모여들고 있다

얼굴이 근친이던 경작지가 기울었으므로
펼쳐진 종이에 한 자 한 자 써내려가던
손 글씨가 줄어들고 펼쳐 읽던 책들이
시나브로 손에서 멀어져간다
그리고 손에는 핸드폰이 들려져 있다

아침이면 해가 웃었으나
말 없는 아침 식탁을 두고
사람 사이에서 사람이 증발하는 현상이라
치부하는 날들이 지나가고 있다

진화하는 스마트폰이
사람을 세 들일 원룸을 짓고
사람을 길들이는 중이라 하고
폰의 파도소리가 높아간다

엎어진 밥그릇

그녀가 밥상에서 숟가락을 놓아버렸다
그녀의 밥그릇이 엎어졌다

산으로 올라간 그녀의 엎어진 밥그릇이
봉분으로 솟았다
구름밭 한 마지기가 생겨났다

묘역사가 떼를 입힌 그녀의 엎어진 밥그릇에서
씨앗들이 밥을 훔쳐 먹고 꼼지락거렸다

길들이 싹텄다
창공은 씨앗들이 닦아 올린 갈래 길들로 붐비고
길이 키워낸 나무들이 안녕, 안녕
사라지는 구름을 붙잡을 듯 허공에 목을 걸고 서 있다

소음이 끝나는 곳에

고요에 대하여 말문을 열려고 하는데
고요가 말린다. 쉬!
그래도 나는 고요를 거스르는 반항아
내 침묵 속에는 고요가 살지 않는다고 고백하자
더 멀리 달아나는 고요가 숨어드는 곳
소음이다
이제 알겠다
소음의 끝이 왜 달콤한지를,
소음을 누르고 일어서는 그것이
고요의 힘, 고요의 진미라는 것을

오월과 유월 사이에서

두 눈이 각각 다른 곳을 보고 있다

집안에서
길에서
다투는 소리
시간을 바퀴처럼 돌리는 미지의 힘이
계절을 앗아간다 할 때
지구의 공전으로 계절이 순환한다 하고
강물은 바람을 태우고 흘러간다 할 때
강물이 파도치며 흘러온다 하고
오월이 지나간다 하면
유월이 다가온다 하고
두 눈이 북극과 남극으로 멀어져 있다
시각의 차이가 삶의 속도에 간극을 벌려놓았다
오월 쪽에서는 태어나지 못하는
아기가 현재의 산실을 열고 나온다
내일이 넘어오는 동녘이 일출임을 두고는
아기 사슴과 어린 새들이
유월의 장미 담장을 넘는 아침이라 하고

요람 밖으로 달아나는 한 무리의 아이들이
나무들의 초록을 뚫고
내일을 끌어당긴 까닭이라 했다
성장은 머물지 않는 법칙에서 기인한다고
낮과 밤이 희고 검은 목소리로 말하고 있었다
오월의 연둣빛 속으로 들어가
애인과의 이별을 추억하는 회상 씨가
유월을 가리켜 사막이라 지칭할 때
손가락 끝에서 불 켜진 반딧불이가
깜박거리다 꺼져갔다

말 무덤

말과 말이 넘치는 곳에
지평선이 그어진다

사람 말이 하늘 말과 맞닿는
지평선에서
죽어 넘어진 말의 사체들

자아소멸에서 흘러나오는 빛이
죽은 말들을 비출 때

빛나는 것은
말의 무덤에서 부활한 침묵

누구는 이 침묵이 신의 언어를 닮았다 했다

연둣빛 행성

이곳, 나무들이 내건 시계가 4월을 가리킨다
연둣빛이 터져 나온다

연둣빛 아기가 통통 뛰어 시간을 점프한다
순간 이동으로 내일에 도착한 아기가 성인이 돼 있다
연둣빛이 보이지 않게 되었다

이곳에서는 보이고
저곳에서는 안 보이고

사라짐과 이동의 동일성을 두고
연둣빛 아기와 연둣빛이 사라진 성인이 마주친다.

오목과 불룩

친구와 물놀이하면서 보았어.
우리의 배꼽이 오목 배꼽인 걸.

오목한 곳이 친구에게는 한 군데 더 있지.
웃을 때마다 오목 파이는 보조개 말이야.

웃을 때는 친구가 갑자기 예뻐 보여서
친구 볼우물에 고이는 웃음을 떠 마시고
나도 친구 따라 덩달아 웃는 거야.

이때 내 이름은 불룩이래.
웃음을 퍼내는 두 볼이 불룩불룩 부푸는
나는 불룩이래.

코카콜라

혀에서 살살 녹는 것은
달콤한 초콜릿, 그리고
달콤하고 시원한 아이스크림.

초콜릿, 아이스크림만 맛있다고?
내 친구 영아처럼 톡 쏘며 토라지는
코카콜라.

톡톡 쏘는 맛은 내가 제일이야.
새콤달콤하게 톡 쏘는 맛
시원상큼하게 톡 쏘는 맛
엄마 안 볼 때 실컷 마셔, 마셔.

거품 물고 나를 유혹하는
코카콜라.

바나나

해님이 좋아 해님한테 절하는 법을
엄마 나무에서부터 배우느라
바나나는 허리가 구부러진 거래.

엄마에게서 떨어져 나와서는
사람에게 인사하느라
허리 한 번 못 펴는 바나나.

점심 급식에서
향긋한 바나나를 먹으면서
우리는 '인사 잘하기' 내기를 했다.

반 애들 몰래 내 짝꿍하고만
살짝꿍 새끼손가락을 걸었다.

여우비

해님과 구름이 악수하나 봐.
비에 햇살이 사이좋게 얽히는 것이

호랑이 장가가고 여우 시집가는 날에는
반짝, 여우비가 내리는 거래.

어제 다퉜던 내 친구와 딱 마주친 운동장에서
해님이 하하
여우비가 반짝
그리고 우리의 웃음이 하하 반짝.

거울

나와 똑같은 아이가
거울 속에 들어 있어.

너 누구냐고 내가 물으면
그 애도 동시에 너 누구냐고 물어.

내가 그 애에게 거울 속에서 나와 보라 하니까
오히려 그 애가 나를 거울에서 나오라는 거야.

어이없어 웃으니, 그 애도 동시에 웃어.
그 아이에게는 내가 거울 속 아이라는 거야.
어이없는 쪽은 자기라는 거야.

시간과 사랑의 역설학

— 김길나의 시 세계

강순

1. 시간의 권능 앞에서

시 쓰기는 일상을 초월한 비일상의 세계까지도 범접하면서 시간과 존재의 속성을 깊이 있게 탐색하는 작업이다. 그러기 위해서 시인은 이성의 세계 너머의 비이성의 세계, 나아가 탈이성의 세계까지를 왕래하게 된다. 또한, 시인은 감정과 정서 이상의 다른 요소들, 예컨대 지식, 관념, 사유, 철학 등과도 교접하게 된다. 그러므로 시는 경험과 감각을 초월한다. 경험과 감각을 초월한 직관과 사유 세계의 총합, 그것이 시라고 할 수 있다. 그런데 시 속에는 역설적으로 직관과 사유뿐만 아니라 경험과 감각이 농축된 땀방울들이 맺혀 있다. 그러므로 좋은 시를 찾아 읽는다는 것은 시인이 흘린 땀방울의 그릇들을 하나씩 들어

올려 조금씩 마시면서 시인의 언어를 몸 안으로 흡수시키는 체험을 하는 것과 같다.

그런 의미에서, 우리는 "별에서 벌레로, 벌레에서 호모 사피엔스까지 길고 긴 유전의 여정"(「웜홀 여행 — 기이한 순간들」)처럼 경험과 감각뿐만 아니라 직관과 사유의 경지로 땀이 맺힌 문체, 그리고 독특한 역설적 상상력이라는 선물을 선사하는 김길나 시인의 시 세계에 주목하게 된다. 그녀의 시를 읽는 것은 그녀가 흘린 땀방울의 "가공의 꿈"(「마지막 꿈」) 속으로 혀를 밀어 넣는 순간의 희열을 경험하는 일이다. 일상 순간의 포착부터 시작해 시간과 우주의 원리까지를 탐색한 그녀가 시 쓰기를 위해 흘린 땀방울의 개수를 우리가 미처 다 헤아려볼 수는 없다. 하지만, 그녀의 시를 찾아 읽으며 그녀의 땀방울들이 어떤 "눈부시게 폭발하는 초신성"(「절반의 행성」)에서 빛나고 있는지를 탐색하는 일은 분명 우리 삶의 지평을 넓히는 의미 있는 일이 될 것이다.

이곳, 시계포의 시간들을 아나키즘이 장악 중이다
시간의 질서가 어긋난 공간에서 시간은 따로따로 혼자씩 제멋대로 돌아간다

현재가 부재중인 이 시계포에는 고장 난 오늘이 걸려 있다

수많은 시계들이 한결같이 현 시간을 지워버렸다

　시간의 굴레에서 풀려나기 좋은 이 시계포에는 이미 **시간의천국**이란 입간판이 세워져 있다

　시간의천국에서는 어제와 내일이 나란히 붙어 있다

　과거에서 온 정오 곁에서 미래에서 온 밤이 열한 시를 알린다

　정오와 열 한 시 사이에서 북적대는 혼돈, 계절들은 한자리에 혼재한다

　아직도 과거를 운행 중인 시계가 지나간 계절들을 펼쳐놓을 때

　자전 속도가 빨라진 시간에 앞당겨온 내일의 내가 어제의 나를 언뜻 건너다본다

　이곳 시계들은 여전히 서로 다른 시간을 보여주고 있다

　서로 다른 시간으로 가는 생체시계를 각자 펄떡이는 심장에 달고

　이 시계포의 고객들이 시계와 시계 사이 자유 만발한 꽃길을 오가는 동안 시계포의 출입문이 닫혀졌다

　현재의 출구를 찾지 못하고 헤매는 시간을

　시간의천국이 장악 중이다

　—「시간의 천국」 전문

　문득 "이곳, 시계포" 앞에서 만난 김길나 시인은 삶이라는 건 "서로 다른 시간으로 가는 생체시간을 각자 펄떡이

는 심장에 달고", "한자리에 혼재"한 "계절들"을 사는 일이라고 말한다. 이게 가능해질 때, "시간의 질서가 어긋난" 세계를 인정할 수 있게 된다고 속삭인다. "현재가 부재중"이거나 "과거에서 온 정오"가 불쑥 우리를 찾아올 때, 그 "혼돈"을 인정하고 이해하는 과정, 이것이 우리 삶의 과정이 아니고 무엇이겠냐고 역설하면서, 짐짓 수도자의 표정을 짓는다.

하지만, 시인은 시간이라는 개념과 숙명 앞에서 심오하고 슬퍼진다. "시인의 굴레에서 풀려나"기를 꿈꾸는 "자유 만발"의 인간이 "현재의 출구를 찾지 못하고 헤매"는 존재라는 것을 깨달은 자의 표정이다. 즉, 그것은 시간의 자유와 강박이라는 이율배반적 속성을 동시에 인식한 자의 표정이다. 그녀에 의하면 "시간의 천국"이란 시간의 모순과 역설을 인식할 때 도달하는 "아나키즘"의 장소라는 것이다. 인간은 시간의 무정부 상태 속에서 혼돈에 빠진다. 때문에 시인은 시간 앞에서 겸손해질 수밖에 없다. 무질서로 인식되는 시간조차도 이 세상의 질서를 지배하는 신과 같은, 아니 신보다 더한 아이러니와 패러독스의 권능을 행사하기 때문이다.

그러므로 김길나 시인의 시 세계는 막강한 시간의 권능 앞에 아픈 자세를 일관되게 드러낸다. "나는 과거에서 와서 과거로 간다./ 내 몸은 죽은 별에서 왔다. 그런 까닭으로/ 내 고독은 불치의 형벌이었다. 이제,/ 누가 나를 닫고 다른 별로 전송하고 있"(「화성이라는 이름을 지닌」)다며 슬픔을 드러낸다. 시인에게 삶은 "긴 시간의 끈이 과거에 죽은 별에서 온 별빛과 별의/ 미래에서 온 나를 동시에 매달고 아득히 일렁이고/ 우리는 비밀 에너지가 가득 찬 하늘과 땅 사이에서 미지수를 더듬어 홀로 떠나"(「암흑 에너지」)는 일이다. 그것은 신비로운 아픔을 의미한다. 시간이라는 신과 교감하는 일은 신비로운 경험이고, 동시에 역설적으로 시간의 배반을 경험하는 일은 아픔을 동반하는 일이기 때문이다.

시인에게 삶은 "목숨의 차원이 바뀌는 건 순간이고/ 살아 있는 시간 또한 순간임을 알리는 꿈을 빠져나와/ 우리는 잠시 외유를 하"(「외유」)고 있음을 인식하는 과정이다. 그러기에 삶은 그 "순간"의 한계를 인식하면서도 동시에, "생성과 소멸의 틈새에서 수많은 가능성으로 파동 치는 시간의 끈"(「0시 ― 끈의 파동」)에 매달려 있는 일이 된다. 이는 "한 생애가 단숨에 날아가고/ 존재를 부수는 시공의 열렬한 소용돌이 속에/ 조각난 조각의 조각들을, 끝끝내/ 시간이 멈추는 경계까지 밀어붙"(「꽃의 블랙홀」)여야 하기에 고단하고 힘든 일이다. 시인은 이렇게 "너의 웃음 너의 죽음, 나의 분노 나의 사랑"의 "검은 감정이 부풀"(「0시 ― 끈의 파동」)려지는 삶을 목도하면서, 자신이 시간 속에 무한하게 내던져진 유한한 존재, 즉 역설적 존재임을 인식한다.

2 시간의 비밀, 비밀의 시간

　김길나 시인의 시간 인식은 두 번째 시집『빠지지 않는 반지』(문학과지성사, 1997)에서부터『둥근 밀떡에서 뜨는 해』(문학과지성사, 2003),『홀소리 여행』(서정시학, 2008),『일탈의 순간』(황금알, 2014),『시간의 천국』(천년의시작, 2016)에 이르면서, 더 확장되고 깊어진다. 즉, 시간 인식의 넓이와 깊이가 서로 교호 작용을 일으키며 더욱 풍성해지고 성숙해진다. 그러기에 그녀의 시간 인식의 변주는 씨실과 날실이 하나로 뭉쳐지며 아름다운 천으로 바뀌는 원리와 그 속성이 닮아 있다고 할 만하다.

　처음과 끝이 혼돈이었다
　나의 원초의 바다에서 떠오른 이 기억은
　나의 우주가 몇 번 회귀한 비밀 기록을 품고 있다

　0時는 0時에서 깨진다
　생이 들고 나는 0時는 지금 혼돈 중이다
　나의 심장에 비수를 넣어 구멍을 뚫고
　피가 새는 심방을 지나
　열두 달을 구석구석 돌아 나온 0時에

나의 열두 방은 와해 중이다

질서라는 이름을 단 것들은 이 0時의 블랙홀로 와서
죽는다 밤낮이 뒤섞이고 사라진다
0時의 짧고도 길고 넓고도 좁은 구멍에서는
천둥 치듯 망치 소리가 울려 나온다
파괴와 생성을 순간에서 순간으로 집합하는 0時에
힘의 서열로 입들이 입속으로 속속 잡혀 들어와 포개진
그 거대한 입 구멍이 0時의 믹서기에서 분쇄되고
방안의 정물들이 동강 났다

정물처럼 꽂혀 있던 책 속에서 와르르 문장들이 쏟아지고
말들은 두서를 잃고 뒤죽박죽으로 나뒹굴었다
혼불을 켜기 좋은 갯더미에서 언어를 지우는 신의 침묵이
잠시 피어났다 그때 너는 몸을 폈다 그리고
뼈 안에 서식하는 고독이 침묵의 동굴에서 언어를 뽑아 올린
시집을 조용히 펼쳐 들었다

시간의 안과 밖을 동시에 비추는 거울, 0시에
생 이전과 이후를 엮어 돌리는 고리, 0시에
시가 죽어가고 시가 거듭 태어나는 0시에
너는 마지막처럼 시집을 읽기 시작했다
— 「0時 — 시집」 전문

시인에게 시간은 "처음과 끝이 혼돈"인 "원초적 바다"와 같으며, "나의 우주가 몇 번 회귀한 비밀 기록을 품고 있"는 "기억" 장치와 같다. 또한, 삶의 "열두 달"의 이유와 목적뿐만 아니라 삶의 과정 그 자체가 된다. 이는 프랑스의 현상학자 메를로 퐁티가 시간 개념을 언급하면서, "시간을 주체로서, 주체를 시간으로서 이해하지 않으면 안 된다"(『지각의 현상학』)고 한 것과 연동되는 지점이다. 메를로 퐁티는 시간이란 인간이 시간 안에서 살아내기 위한 것이며, "자신의 속도에 맞게" 가는 것이라고 말한다. 그렇다면, 시인은 삶의 주체인 시간의 속도 안에서 어떤 "비밀 기록"을 그토록 기억하고 싶었던 것일까.

"나의 열두 방"에 "정물처럼 꽂혀 있던 책 속에서 와르르" 쏟아져 "두서를 잃고 뒤죽박죽으로 나뒹구는" "문장들". 이 부분이 그 비밀을 캐는 중요한 단서가 된다. 왜냐하면, "문장들"은 "0時"라는 "혼불을 켜기 좋은 잿더미에서 언어를 지우는 신의 침묵" 속에서 피어나기 때문이다. 이는 시간의 모순이며 역설이다. 그러므로 이것은 바로 시인에게 시간에 관한 비밀이 되는 것이다. 역으로, 시인에게 "문장들"은 "0時"라는 시간이 낳은 "비밀 기록"으로서, "뼈 안에 서식하는 고독이 침묵의 동굴에서" 뽑아 올린 것이다. 처절하게 고독해야만 가능한 문장들, 그리고 그것이 가능하게 하는 시간. 이 둘의 역학 관계는 죽음과 탄생의 일렬이 우주를 형성하고 있는 것처럼 서로 교호한다. 때문에 "파괴와 생성을 순간에서 순간으로 집합"한 시인의 "문장들"은 "0時의 블랙홀"에서 그 생과 사가 결정되는 비밀을 지닌다.

시인은 이런 "문장들"을 왜 하필이면 "0時"의 순간에 태동시키거나 소멸시키고 있을까. "0時"에서 0은 모든 시작이자 끝을 의미한다. 무화의 상태에서 존재가 태동하고, 존재의 과정에서 무화의 상태로의 회귀가 0에서 이루어진다. 무에서 유로, 유에서 무로의 전환이 이뤄지는 "0時"라는 시간은 시인이 "시"라는 좌표에 비로소 방점을 찍는 시간이다. 때문에 0은 아주 짧은 순간이지만, 시인에게는 아주 위대하고 거룩한 인생의 키워드가 된다. 이렇게 시인은 자신에게 주어진 이 비밀의 시간을 소중하게 활용하면서 "시"를 쓰고 싶은 욕망을 숨기지 않는다. "시"("시집")를 신처럼 숭배하는 시인에게 그것은 "비밀 기록"인 "문장들", 즉 "시가 죽어가고 시가 거듭 태어나는" 결정적인 순간이 되기 때문이다.

3. 우주와 통하는 사랑

김길나 시인은 『둥근 밀떡에서 뜨는 해』, 『홀소리 여행』, 『일탈의 순간』, 『시간의 천국』 등의 시집들에서 0이라는 숫자를 통해 삶의 문제를 "영원이며 찰나"(「0時 ― 합환지」)와 같이, 모순과 역설로 바라보는 태도를 지속적으로 드러내 보인다. 또한, 『시간의 천국』의 여러 시편들에서는 웜홀, 블랙홀, 화이트홀 같은 우주 용어들을 통해 소멸과 탄생이 동시에 발생하는 우주의 원리를 역설의 상상력으로 형상화해낸다. 이는 이것과 저것을 이분법적으로 나누면서 어느 하나에 속해 있지 않으려는 태도, 즉 이것과 저것을 통합하고 전체를 만들어내려는 유기체적 세계관이 배태한 긍정과 달관의 자세이다. 이렇게 파편적이고 평면적인 세계관에서 탈피하여 총체적이고 입체적인 세계관을 지향하기란 쉽지 않은 일이다. 이는 그녀가 가톨릭 전도사(교정 사목)로서의 종교적인 삶을 살면서도 치열한 시 쓰기의 고투를 주이상스(jouissance)로 삼으면서 획득한, 오랫동안의 사유와 철학의 내재화된 결실로 보아야 할 것이다.

　　총은 이미 벌레들로 장전되어 있다
　　별이 죽는 시간을 밤이라 지칭하는 이곳에서
　　폭발하는 것들의 불꽃이 밤을 꽃피게 하고
　　현장인 구멍, 거기 격렬하게 빨려들어
　　숨 가쁘게 발사되는 총알들,
　　리비도의 소용돌이인 여성의 통로에서 이미

벌레들의 웜홀 여행은 시작되었다
죽음을 통과하는 열정의 속도만큼
경주는 치열하고 통로는 칠흑의 카오스다
생명에 닿기 전 모든 가능성과 파괴가 혼재하는
순간은, 아슬아슬하다 벌레들의 자살이 창궐한다
생성과 소멸이 격돌하는 순간에 퍽퍽 쓰러지는 벌레들 곁에
이 세상에서 반쪽짜리로 죽어간 것들의 쉼표들이 나뒹군다
마침표는 생사를 가른 가혹한 질주 끝에 완성되었다
이제야 보인다 통로 끝머리에 둥글게 차오른
저것! 사랑의 알이다 갈망이 만월로 부푼
에로스 신전이다!
고독한 닿소리를 꼬리에 매단 벌레 한 마리
마침내 닿는다 목마른 모음으로 출렁이는 신천지에

순간, 생명 프로그램은 자동 시행되었다
별에서 벌레로, 벌레에서 호모사피엔스까지
길고 먼 유전의 여정을 담고 한 줄의 문장으로 읽힐
나는 웜홀 밖으로 나왔다
지구라는 또 하나의 자궁 속으로
자전하는 지구의 블랙홀로
― 「웜홀 여행 ― 기이한 순간들」 전문

도화 빛 물든 복숭아 표층에 구멍이 뚫린 날,

저쪽 외계 생명체가 이쪽 내부로 들어왔다

꽃에서 수상한 바람이 일고 나비가 들떠 춤추는

이 도화의 비경이 순간 닫치고

외계에서 온 그의 눈이 깜깜해진다

표층을 넘어 맞닥뜨린 이 신세계의 파도치는 어둠은,

그러나 살이 살을 조이는 중력으로 넘쳐났다

이 중력의 무 공간에 터널을 뚫는 일,

집 한 채를 짓는 일

그것은 그의 에로틱한 식사 공법으로 시공되었다

(중략)

그에게 사랑은 밥이었으므로

폭력이고 정복이고 그 완성은 죽임이었으므로

먹히는 사랑에 병든 그녀는 물큰해지도록 농익어갔다

　　― 「웜홀 여행 ― 벌레 구멍」 부분

이미 거대한 구멍은 뚫려 있는 것

구멍, 빛을 감금하고 혼돈을 방생하는 아나키즘의 늪

구멍, 약육을 삼킨 강식자의 피 묻은 혀들이 첩첩이 포개지는 에
로틱한 동굴

구멍, 초강력 빨대에 빨려든 연인들을 하나로 맷돌짓하는 사랑
의 칠흑 구렁

구멍, 죽음의 밀도가 삶을 압착하는 현장

　　― 「지평선」 부분

시인은 시 속에서 우주물리학의 웜홀(wormhole)과 사랑의 에로스적 측면을 유비시킨다. 먼저, "웜홀"은 블랙홀과 블랙홀, 또는 블랙홀과 화이트홀을 연결하는 우주 내의 통로를 의미하는 우주물리학 용어이다. 그런데, "웜홀"이 그녀의 시에서는 남성("총", "나비")과 여성("구멍", "꽃")의 성적 결합을 표상하거나 약자("복숭아")와 강자("벌레")의 존재론적 관계를 의미하는 용어로 연동되어 확장된다. 그리고 그 의미들은 여러 시편들에서 거대한 우주의 형상인 "블랙홀"이나 "벌레" 같은 작은 존재들의 결합까지 모두 총체화됨으로써 전일체적 이미지로 형상화된다. 이럴 때, 우리는 그녀의 시가 황홀하게 내뿜는 다의적 이미지의 광선을 온몸으로 받게 된다. 이런 시 앞에서 어떤 이들은 난해함을 토로하기도 하지만, 어떤 이들은 영화의 파노라마적 기법 같은 방대하고 독특한 스케일과 이미지 배치에 매혹당하게 된다.

위 시의 "지평선" 역시 블랙홀의 경계선인 '사건의 지평선'을 의미하는 우주물리학 용어로, 외부에서 물질이나 빛이 자유롭게 안으로 들어갈 수 있는 반면, 그것들이 외부의 관측자에게는 영향을 미치지 못하는 경계를 이르는 말이다. 이런 의미가 시 속에서는 여성("구멍", "늪", "동굴", "칠흑 구렁")이 남성을 받아들여 강렬하게 성적으로 결합하는 형상으로 유비된다. 또 달리 보면, 강자가 약자를 한없이 빨아들이는 약육강식의 존재론을 암시한 것으로도 해석할 수 있다. 어떤 각도에서 보든 "지평선"은 한번 들어가면 다시 밖으로 나올 수 없는 강력한 에너지의 소산을 의미한다. 그러므로 블랙홀의 경계선인 '사건의 지평선'은 어떤 물질이나 존재를 그 안에 빨아들여 가둔다. 이런 점은 두 존재가 분리되거나 대립되는 대신 오히려 일체화되는 사랑의 속성을 암시한다. 상대와의 일체를 통해 하나의 에로스와 타나토스가 되어가는 형상, 그것이 사랑의 속성이라면, 사랑은 "블랙홀"이나 "웜홀" 같은 우주의 원리와 매우 닮아 있다.

한편, 우주의 원리나 사랑의 속성은 모두 역설적이다. 빛을 빨아들일 만큼 강력한 힘을 가진 블랙홀이나 두 개의 블랙홀을 연결하는 웜홀처럼, 사랑이라는 속성도 "초강력 빨대에 빨려든 연인들"이 "칠흑 구렁"에서 먹고 먹히며, 환희와 절망, 기쁨과 슬픔, 빛과 그림자, 생과 사를 터득하면서 새 생명("사랑의 알")을 빚어내는 속성이 있다. 바꿔 말하면, 하나의 사랑은 모순된 두 개의 요소를 하나로 합쳐내고 받아들이는 하나의 우주라고 할 수 있다. 그러므로 사랑은 역설의 과정이라고 정의 내릴 수 있을 만큼, 만물이 소생하고 멸하는 과정이 "예측불허"(「0시 ― 끈의 파동」)이며, "이 중력의 무 공간에 터널을 뚫는 일"처럼 난해한 속성을 지닌다.

이러한 속성에도 불구하고, 인간은 사랑을 끊임없이 갈

망한다. 사랑은 "생성과 소멸의 틈새에서 수많은 가능성으로 파동 치는 시간의 끈"(「0시 — 끈의 파동」)이기 때문일 것이다. 또한, 사랑에 대한 갈망은 마치 생명의 유한함을 알면서도 새 생명을 잉태하는 모성(부성을 포함한)과 흡사하다. 이는 더 나아가 독자의 무관심과 외면을 예측하면서도 "언어의 집을 짓고 허무는 시간"(「들리는 시간」)에 사로잡힌 시인의 시 쓰기를 연상시킨다. 시인은 "사막 한 장이 바다로 넘쳐난 시간의 파동"(「바닥 무지개」)을 즐기는 존재이기 때문에 그러한 역설적 작업이 가능하다.

실존과 본질 사이에서, 일상과 비일상 사이에서, 시간과 우주 사이에서 지속적으로 흔들리며 자신을 구체화하는 작업으로서의 김길나 시인의 시 세계. 그녀와의 여행길에 우리는 어쩌면 "도약의 높이가 깊이로 전복"(「순간포착 — 귀환」)하는 "슬픈 모반의 언어들"(「흰빛이 모여 있는 곳 — 횡단」)에 취해 출구를 찾지 못할지도 모르겠다. 혹은 김길나라는 정체를 실컷 더듬는 "심미의 늪으로 빠르게 빨려들어가는 시간"(「꽃의 블랙홀」)에 취해 일상의 일들을 잊을지도 모르겠다. 아니, 그래도 괜찮겠다. 그녀와의 여행길에서 미처 빠져나오지 못하고 아득하고 혼곤한 심신으로 오래 그 속에 매몰되어 있으면 더 좋겠다. 그러함에도 불구하고 우리가 그녀의 "우주 유영"(「창밖의 손」), "광란의 파도"(「성자」), "꼬리 감춘 여우"(「꼬리 감

춘 여우」), "침묵의 원전"(「북해도에서」) 같은 폭넓고도
심오한 시 세계를 다 안다고 할 수 있을까.

강순

1998년 『현대문학』으로 시 등단. 시집으로 『크로노그래프』, 『즐거운 오
렌지가 되는 법』, 『이십 대에는 각시붕어가 산다』가 있음. 전국계간문예
지 우수작품상, 이충이문학상 수상. 현재 수원대학교 객원교수로 재직 중.

구름과 바다의 대위법, 그 무의식의 춤

이어진

0.

김길나 시인은 1940년 전남 순천에서 태어나 2022년 8월에 지병으로 타계했다. 1970년부터 가톨릭교회에서 선교사로 활동했으며, 1995년 시집『새벽 날개』를 상자하면서 시단에 데뷔했다. 1997년 문학과지성사에서 발간한 시집『빠지지 않는 반지』는 화해하지 못하고 서로 충돌하는 인간의 문명과 자연세계에 대한 유머러스한 비판을 담고 있다는 평을 받았다. 2003년 세 번째 시집『둥근 밀떡에서 뜨는 해』에서 김주연 문학평론가는 김길나 시인의 시적 상상력에 주목하면서 삶과 죽음, 빛과 어둠, 관능과 명상을 한꺼번에 훑어내고 휘어잡는 전면적인 힘으로 충만해 있다고 평한다. 김주연은 김길나 시인의 시를 보면 고트프리트 벤의 시가 떠오른다면서 벤의 연작시「시체 공시장」,「진혼곡」,「삶, 아주 낮은 망상이」의 시들은 인류 역사에 대한 회의와 인간들의 부질없는 욕망―특히 성욕

—에 대한 절망이 연상되는데, 김길나의 시는 성적 생동감과 미래에 대한 전망을 통해 훨씬 긍정적인 지평을 확보하고 있다고 평한다. 2008년에 발간된 네 번째 시집 『홀소리 여행』의 「시인의 말」에서 김길나 시인은 말한다. "백지의 침묵에 당도하지 못한 말이, 말무덤으로는 더욱 묻히지 못하는 말이 백지에 집을 짓고 태어나는 시집 한 채"라고. 시집 『홀소리 여행』에는 해설 대신 맹문재 시인과의 대담이 실려 있다.

김길나 시인은 이 대담에서 '닿소리 여행'과 '홀소리 여행'의 의미에 대해 언급하면서 '닿소리 여행'에서 드러내고자 한 것은 시각적 이미지라고 강조한다. 닿소리들이 독자적이면서도 상호 동일성을 내장하고 있는데, 이때 상호 동일성이라는 말에는 ㄱ과 ㄴ이 물구나무서면 보이는 의미가 포함되어 있으며, 또한 닿소리들에는 만물 일체성의 근원적 의미가 있다고 말한다. '홀소리 여행'에는 "아기의 옹알이로 눈을 마주치는 순간에 저 원시의 하늘 한 폭이 무뎌진 어른들의 가슴으로도 차오르는 그 시원의 '무염지대(無染地帶)'가 마음속에 펼쳐지기도 한다는 것이다. 김길나 시인의 시집에는 '0'시가 자주 등장한다. 제2시집 『빠지지 않는 반지』에서 '0'시, 『둥근 밀떡에서 뜨는 해』의 「0시에서 0시 사이」, 제3시집 『홀소리 여행』의 「0시」가 등장하는데 김길나 시인은 「0시」가 처음 쓰인 때는 고교 시절의 과제 제출 때문이었다고 회상한다. 그때

국어선생님의 격려를 들으며 시로 향배를 굳혔다는 것이다. 대담에서 김길나 시인은 '0'시에 주목하는 이유에 대해 '0'시는 시간의 부재이고 모든 시간의 축적이며, 시간을 털어낸 시간의 종말로 인식되는데, 시간이 탄생되는 시간의 첫 관문으로 0시가 시인에게 다가왔다고 말한다. "우주처럼 시간이 한 점으로 응축"되고 "한 처음이 새롭게 폭발"(「0시」, 『빠지지 않는 반지』)하는 시간의 빅뱅현상을 '0'시에서 보게 되었다고 한다. 2014년 발간한 다섯 번째 시집 『일탈의 순간』에서 호병탁 문학평론가는 김길나 시 「일탈의 순간」에 대해 언술한다. 시적 대상인 숭어는 "눈부신 감각과 힘찬 생명력으로 꿈틀"대며 "허공에 떠서 반짝이고 있는 물고기"인데, 이러한 강력한 심상은 합리성, 이성적 자아, 의식의 부담으로부터 완전히 벗어나는 해방감과 함께 순식간에 어떤 '황홀감'으로 독자를 이끈다고 말한다. 호병탁 평론가가 이 시집에서 주목하고 있는 또 다른 테제는 과학과 철학과 관념이 결속된 시간 개념이다. 2018년 발간한 『시간의 천국』에서 김길나 시인은 다시 '0시'에 대해 천착한다. 이형권 평론가는 '0시, 시간 너머의 시간'을 주목하면서 이는 "우주 세계를 상향하는 동인을 무엇보다 현실 세계의 결핍을 넘어서기 위한 것"이라 진단한다. 근대적 시간관을 극복하고자 하는 김길나 시의 우주적 상상이 매우 흥미롭다고 논평한다.

필자는 김길나 시에서 발화되는 문학과 종교의 사랑에

대한 테제에 대하여 주목하면서, 바다와 구름의 대위법이라는 제목으로 그의 시의 특징들에 대하여 말하고자 한다. 김길나 시인의 시는 의식과 무의식의 흐름들이 시에서 자유자재로 배치되며 이미지를 변주하는 것이 특징이다. 그것은 아마도 '0시'를 기점으로 흘러 다니는 이미지의 변주일 것이다. 바다 깊숙이 혹은 우주로 물고기의 세계에서 구름의 세계로, 사람의 세계에서 사물의 세계로 김길나 시인의 시는 마치 음악의 멜로디처럼 자유자재로 흘러 다니는 물결의 언어 같다. 김길나 시인의 시의 이미지는 바흐의 대위법(Counterpoint)을 상기시킨다. 오른손과 왼손의 변주를, 의식과 무의식의 대화를 오가며, 지구와 우주적인 상상력을 역동적으로 펼쳐 보인다.

1.

바흐의 대위법은 모든 성부에서 주요한 주제(Subject)가 나타나며 각 성부가 일정한 규칙에 따라 움직인다. 각 성부들은 독립성을 지니면서도 전체적으로 조화를 이루는 기법이다. 김길나 시인의 시 쓰기에서 의식과 무의식의 왕래는 질문과 답을 오가며 심미적 충동을 확장시킨다. 내면 깊은 곳으로부터 발원되는 그의 시 쓰기는 구름, 별, 우주로 확장되며 질문을 던지고, 스스로 답을 구하고자 한다. 그것은 마치 바흐의 음악, 푸가의 오른손과 왼손이 독립적으로 흘러 다니며 자유롭게 주제를 구현하는 멜로디의 흐름과 같이 감각되어오곤 한다. 보통 연주에서 오른손이 주제를 연주하고 왼손이 화음을 넣는 구조로 이루어지지만, 바흐의 음악은 왼손도 주제를 연주함으로써 곡의 균형성을 갖는데, 김길나 시인의 시에서는 위에서 언급한 측면들에서 수직적, 수평적 균형을 이루며 원점으로 수렴되는 시의 언술 구조를 보여준다. 김길나 시에서 원점으로 수렴되는 시는 「0시」라 말할 수 있는데, 이는 피아노 건반으로 바꾸어 생각한다면 C장조의 처음 시작하는 C음일 것이다. 또한 김길나 시인의 시에서 눈여겨보아야 할 특징은 사물의 속성에 내재해 있는 무의식의 층위가 자유자재로 이미지를 변용하며 주제를 형성하고 있다는 점이다. 그 무의식의 춤은 '왼손', '구름', '바다', '지구' 들의 이미지로 나타난다. 김길나 시인의 시에서 그 무의식의 춤은 시공을 종횡하며, 역동적으로 변주된다.

시집 『빠지지 않는 반지』 해설에서 오형엽은 김길나의 시는 시적 자아의 '의식'보다 자연이 지닌 '본능'의 프로그램에 시선의 초점을 맞춘다고 말한다. 이때 자연은 단지 관찰의 대상이 아니라 주체로 자리를 바꾸게 되는데, 김길나의 시는 자연의 생명적 신비와 내통하려한다는 것이다. 필자는 자연의 그 생명적 신비를 왼손의 프렐류드라 명명하고자 한다. 익숙한 의식의 세계가 오른손의 프렐류드라 한다면 무의식의 세계, 자연의 세계를 왼손의 프렐류드라 명명할 수 있을 것이다.

  바다가 미치는 걸
  나는 만산리요에 와서 보았다

  절정은 허무하다 그래도
  다시 솟구치는 고독한 포효
  어찌할까
  칼 위에서 춤을 추는
  신들린 맨발을
  머리 풀어 산발한 거친 숨결로
  흰 거품을 물고 까무러치는 희열의
  울음이 해변에 질펀하게 깔린다
  그래, 미치고 싶을 때는 벌거벗고
  이 만산리요 해변으로 나오너라
  까닭 없이 소리치고 싶을 때도
  일곱 귀신 보채어 들까불려질 때도
  정직하게 이 바다의 파도 앞에 서거라
  죽고 싶은 날에
  넘치도록 살고 싶은 날에
  나는 돌아와 이 미친 바다를 보리라
  날이 저물고 평화가 찾아든다
  나는 해변을 마당으로 한

호텔 테라스에 나와서 일행과 함께
스코틀랜드산 조니 워커를 마신다
바다가 기분 좋게 술에 취해
술잔에서 흔들린다
휘영청 푸른 달빛 연가가
애틋하게 바다에 내리꽂혀
비틀거리는 파도를 잠재우는 동안
잠소에 감춰둔 새의 날개를 훔쳐
순간 나는 포르릉 솟구쳐올랐다
살기 위한 아름다운 투신, 갈매기의
정확한 수직 하강의 묘기를 꿈꾸는
만산리요의 밤은 깊어간다
　　― 「만산리요 바다는 파도가 높고」(『빠지지 않는 반지』,
1997) 전문

　위 인용 시를 보면 김길나 시인이 직시하는 바다는 '미친 바다'다. 이때 화자는 미친 바다를 보는 주체가 된다. 그가 의식의 세계에서 느끼는 감각은 '허무'이다. 바다의 포효 끝에서 그는 허무를 느낀다. 공중으로 솟구쳐 올랐다가 허물어지는 물의 포효 후에는 아무것도 남지 않는 고요 그 자체이다. 그러나 바다는 다시 솟구치고 그것을 그는 "고독한 포효"라 명명한다. 그리고 그 춤을 "신들린 맨발"이라 말하고 "머리 풀어 산발한 거친 숨결"이고

"흰 거품을 물고 까무러치는 희열의 울음"이라고 해석한
다. 그것을 김길나 시인의 무의식에 내재되어 있는 왼손의
프렐류드라 명명해본다. 주제가 있는 음악처럼 김길나 시
인의 내면에 웅크리고 있는 그 무의식의 언어들은, 파도
이미지를 선명하게 부각시키며 변주되고 있다. 그는 말
한다. "미치고 싶을 때는 벌거벗고/ 이 만산리요 해변"으
로 나오라고. "일곱 귀신 보채어 들까불려질 때도/ 정직하
게 이 바다의 파도 앞에 서"라고. 인용 시에서 바다가 미
치는 걸 본 화자는 미치고 싶은 시인의 모습이 투영된 대
상이다. 내면에서 용솟음치고 있는 음악이 바다의 미침을
보고, 무의식의 언어들을 변주해내고 있는 것이다. 왼손의
프렐류드가 끝나면 오른손의 프렐류드—의식의 언어—
가 펼쳐진다. 이 의식의 언어—오른손의 프렐류드는 변주
된다. "죽고 싶은 날에" "넘치도록 살고 싶은 날"에 나는
"돌아와 미친 바다를 보리"라고. 그리고 "스코틀랜드산
조니 워커를 마시"며, 다시 바다가 기분 좋게 술에 취해
술잔에서 흔들리는 것을 본다. 이에는 오른손의 프렐류
드—의식의 언어—에서 무의식의 세계로 순간이동한 것
을 볼 수 있다. "바다가 기분 좋게 술에 취해/ 술잔에서 흔
들리"는 무의식의 세계, "휘영청 푸른 달빛 연가가/ 애틋
하게 바다에 내리꽂혀/ 비틀거리는 파도를 잠"재우는 주
제는 왼손의 음악이다. 화자는 이때, "장소에 감춰둔 새의
날개를 훔쳐/ 순간" "포르릉 솟구쳐"오른다. 화자가 죽고

싶을 때, 혹은 넘치도록 살고 싶은 날에 만산리요 바다에
와 보라고 말하는 이유이기도 하다. 의식의 언어—오른손
의 프렐류드와 무의식의 언어—왼손의 프렐류드를 번갈
아 연주하는 이유는 한순간의 비상을 맞이하기 위한 무한
연습이다. 그 마음의 '미침'을 김길나 시인은 깊이 응시
하며, 의식과 무의식의 시를 연주한다. 시인은 또한 "살기
위"해 "아름다운 투신"을 꿈꾸는 "갈매기의/ 정확한 수직
하강의 묘기"에 주목한다. 그의 시에서 투신은 비상을 위
한 필연으로서의 의미를 갖는다. 따라서 김길나 시의 허
무는 다시 솟구치기 위한 잠시의 고요인 것이다. 위 인용
시는 왼손의 프렐류드—무의식의 세계와 오른손의 프렐
류드—의식의 세계가 서로 대화하듯이 질문과 답을 주고
받듯이 주제를 이끌어가며 언술 구조를 전개한다. 오형엽
이 주목한 무의식의 세계, 자연이 지닌 본능의 프로그램
들은 이 시에서 주제를 이루면서 의식의 세계—오른손의
프렐류드와 조화를 이루어 마음에서 솟구치고 머릿속에
서 쓰다듬고 있는 음악들을 언어로 형상화하고 있다.

   2.
   김길나 시인의 시를 감상하는데 필연적으로 따라다니
는 이력은 시인이 가톨릭교회에서 오랫동안 선교사로 근
무했다는 사실일 것이다. 독자들은 그의 시를 읽으며, 문

학과 종교에 관해 그 상관관계의 필연성에 관해 궁금해할 것이다. 필자 또한 그러한 호기심을 갖고 김길나 시인의 시를 감상하게 된 것을 고백하지 않을 수 없다. 그의 시는 어느 쪽으로 기울고 있을까. 그러나 그것은 미리 고백하자면 매우, 어리석은 질문이다. 김길나 시인은 가톨릭교회에서 선교사로 근무한 이력이 있는 시인으로 자신만의 시 세계를 독특하게 펼쳐 보인다는 평을 받은 관록이 두터운 시인이다. 특기할 점은 시인의 시는 불가능의 시가 아니라는 점이다. 시인이 펼쳐 보이는 이미지는 내면에 잠재해 있는 무의식의 이미지이면서, 현실에서 자연에서 자연스럽게 형용될 수 있는 의식의 세계로 인식할 수 있는 이미지이다. 불가능을 딛고 시인이 이루어낸 시의 세계는『시간의 천국』의 「시인의 말」에서 언급하고 있듯이, "수 천 번 밟아 깨워낸 쪽빛을 거느리고 강물 끝으로 걸어 나와 창공에 걸"어놓은 세계이다. "수 천 번 밟"아 깨워내기 위하여 시인은 얼마나 많은 언어의 시간에 염색을 위한 수고를 아끼지 않았던 것인가.

염색공이 인디고 잎을 물속에서
수 천 번 밟아 깨워낸 쪽빛을 거느리고
강물 끝으로 걸어 나와 창공에 걸어놓는다.
　　─ 「시인의 말」 (『시간의 천국』, 2016) 부분

나는 귀를 그의 입으로 가져갔다

입 없는 그가 입을 달기 시작한 것이다

이데올로기는 어느 때나 어느 곳에서나

전복되기 위해 존재하는 것이라고

그 입이 말하는 걸 들었다

혁명을 꿈꾸는 돌연변이가 변질시킨 식충식물류의 종족,

그에게서 분출되는 색광은 붉은빛

그 긴 파장에서 섬세하게 흘러넘치는 광파는 황홀

먹기 위해 끌어당기는 마력과

마력에 매몰되는 죽음의 불꽃이 맞붙었다

사멸과 생성을 돌려대고 갈아엎는 통로를

입에서 꽃이, 꽃에서 입이 피어나는 에로틱한 구멍을

꽃의 바깥이, 외계에서 누가 들여다보고 있다

지상에서는 꽃잎 한 장에서 폭발하는 별이 자주

눈물로 반짝이고, 앞에서 회오리치는 바람은 드셌다

꽃잎 위로 포개지는 꽃잎들 틈새에서 요동하는 구름

구름이 감추고 있는 번개,

낱낱의 꽃잎이 제 블랙 혹을 덮어 숨기는 비경을

꽃의 바깥, 외계에서 어느 기호가 기록 중에 있다

심미의 늪으로 빠르게 빨려들어가는 시간이 오고

꽃의 중력에 붙들린 거기, 천 길 낭떠러지에서

한 생애가 단숨에 날아가고

존재를 부수는 시공의 열렬한 소용돌이 속에

조각난 조각의 조각들을, 끝끝내

시간이 멈추는 경계까지 밀어붙이고
그리고는 깜깜한 침묵이다
저녁이 오고, 닫힌 끝과 열린 끝이 주고받는 침묵이
짙은 어둠으로 내려 꽃의 입을 덮는다
　　　—「꽃의 블랙홀」(『시간의 천국』, 2016) 전문

　김길나 시인의 시에서 '시간의 천국' 이미지는 경이(le merveilleux)—운하임리히(프로이트)—언캐니—의 아름다움을 보여준다(브르통). 위 인용 시에서 화자인 '나'는 귀를 그의 입으로 가져가는데, "입 없는 그가 입을 달"기 시작한다. 화자가 귀를 가져가자, 입을 달기 시작하는 시적 대상은 아름다운 마음의 소유자다. 입이 없는데, 상대의 귀를 위해 입을 다는 행위를 하는 즐거움에는 "이데올로기의 전복"이 있다. 이데올로기를 극복할 수 있는 문장의 장이 '시'의 무대가 될 수 있는가라는 우문은 던지지 않기로 한다. 김길나 시인은 시의 무대에서 이미 그러한 이데올로기의 전복을 보여주고 있다. 그것은 현실과 이상의 부조화의 이미지가 아니다. 존재에 대한 배려의 마음이 충만한 이미지다. 그 배려의 마음 한 곳에는 이데올로기의 포용이라는 테제가 전제되어 있다. 시적 대상인 그는 입이 없다. 그러나 내가 귀를 그에게 가져갔을 때 그는 입이 생긴다. 이는 경이로운 언캐니이다. 내가 귀를 가져가는 행위만으로 그는 없는 입을 단다. 시인이 꿈꾸는 현실의 불가능한 일들이 시의 무대에서는 긍정적이고 역동적으로 펼쳐진다. 시에서 우리는 불가능한 현실의 암담함만을 노래해야 하는가. 시인은 아니라고 말하고 있는 것 같다. 그러나 위 인용 시에서 다시 시인은 상황을 전복시킨다. "혁명을 꿈꾸는 돌연변이"의 "변질된 식충식물류"에서 변질을 본다. 변질된 식물에게서 분출되는 색광은 붉은빛, 그리고, 그 긴 파장에서 "섬세하게 흘러넘치는 광파는 황홀"이며, "먹기 위해 끌어당기는 마력"의 힘을 느낀다. 그리고 보면, 그가 귀를 가져가자 입을 만들기 시작한 시적 대상인 그는 식충식물로서 시적 화자를 유혹하며 마력을 내뿜은 포식자였던 셈이다. 그리고 시적 화자는 그 "마력의 불꽃"에서 죽음의 이미지를 함께 본다. "사멸과 생성"을 돌려대며 "갈아엎는 통로"에서 "입"과 "꽃"과 "에로틱한 구멍"의 이미지들을 응시하고 그 이미지들을 보는 외계의 눈을 상정하여, 그에 "폭발하는 별"의 이미지를 덧입힌다. 그리고 우주의 광활한 곳에서 도착한 별은 눈물의 이미지를 내포하고 있다. 위 인용 시에서 멀리에서 당도한 별은 관찰자의 위치를 갖는다. 별은 눈물로 반짝이고, 그를 위협하는 "바람은 드"셀지라도 "구름이 번개를 숨"기고 있는 언캐니의 장면에서 꽃잎은 제 꽃잎을 덮으며 "제 블랙홀을 덮어 숨기는 비경"을 낳는다. 화자는 그 꽃의 바깥에서 그 모든 것들을 기록하는 "외계에서 온 어느 기호가"의 모습을 상상한다. 혹은 그러한 "기호가"의 이미지를 창조한다. 김길나 시인은 현상계에서 벌어지고 있는 그러한 "심미의 늪"으로 "빨려들어가는 시간"의 순간들을 "천 길 낭떠러지에서/ 한 생애가 단숨에 날"아가고 있는 순간들을 "존재를 부수는 시공의 열렬한 소용돌이 속"에서 "시간이 멈추는 경계까지 밀어붙이"는 그러한 순간의 경이들을 응시하고 예리한 귀로 포획한다. 꽃들의 입 속에서 벌어지고 있는 황홀과, 경이의 순간, 그 후의 침묵들의 대화까지 낱낱이 포획하며, 별의 폭발까지를 기록한다. 인용 시에서 김길나 시인은 이데올로기의 이미지를 전복시키기를 시도하고, 그러한 이미지를 기록하는 혹은 연주하는 미적 황홀, 언캐니를 보여준다. 그것은 '0시'를 기준으로 펼쳐지는 오른손과 왼손의 대화, 포식자와 비포식자의 관계, 의식과 무의식의 춤이 현현되는 찰나의 기록일 것이다. "짙은 어둠"이 "꽃의 입"을 덮을 때까지, "시간의 천국"의 일정은 진행 중이다. 그 순간을 포획하는 자와, 포획당하는 자, 그 가운데, 시가 있다. 김길나 시인은 문학과 종교의 사유를 전복시키며, 혹은 그 이데올로기의 전복을 실천하는 장으로서 시의 무대에서 종횡무진 시를 연주하고 있다. 그가 오른손과 왼손의 프렐류드를 변주하면서, 늘 돌아오는 곳은 '0시'의 시간이다. 피아노의 건반으로 치자면 가운데의 '도'음일 것이다. 그 시간은 시인이 시를 창작하면서 우주와 종교와 시에 대한 생각이 멈추지 않는 시간이고, 무의식의 충만과 의식의 사유의 시간이 가장 활발한 시간일 것이다. 또한 지상의 시간, 우주의 시간을 유영하며, 그가 시와 함께 휴식하는 시간이다. "염색공이 인디고 잎"을 "물속에서 수 천 번 밟"아 깨워 "쪽빛을 거느리고 강물 끝"으로 걸어 나와서 창공에 걸어놓듯이, 김길나 시인은 수 천 번 언어의 잠을 깨워, 시의 무대 위에서 연주하고 있다.

3.

김길나 시인이 마주한 지상과 천상의 시간들을 오른손과 왼손의 프렐류드로 변주하고 다시 돌아와 다시 자신을 응시하는 시간은 '0시'이다. 그가 대담에서 언급했듯이, "0시는 끝과 시작이 맞물리는 시간으로 하루의 일과를 정리하는 시간이면서, 다시 새로운 날이 시작"되는 의미를 갖는다. 따라서 김길나 시인이 시에서 반복해서 하나의 시를 창작하는 마음에도 '0시'의 의미를 다지는 의미가 덧입혀져 있다. 김길나 시인에게 있어 '0시'는 무의식이 가장 활발한 시간이다. 그 시간은 시의 세계를 향한 그의 소망이 점화되는 시간이기도 하다. 그가 "참을 수 없이 뜨"(「0시」부분, 『빠지지 않는 반지』)거움을 느끼는 시간이 '0시'이고, "우주처럼 시간이 점 하나로 응축"되는 체험을 하게 되는 시간도 '0시'이다. "한 처음이 새롭게 폭

발"하는 시간에서 "끝인지 시작인지 아무"도 모르는 시간
을 목도하게 된다. 그 처음의 혼돈을 통해 시인은 다시 시
의 세계를 강렬하게 연주한다. '0시'에 관해 가장 많은 지
면을 할애하고 있는 시집은 『둥근 밀떡에서 뜨는 해』이다.
이 시집의 제3부는 0時에서 0時 사이에 따른 부제의 시를
12편 할애하고 있다. '0時'를 "우주 속에서 자전하고 있는
둥근 바퀴"로 은유해내고 있는 「0時와 0時 사이—둥근 바
퀴」, '0時'를 "아기 집"으로 은유하고 있는 「0時와 0時 사
이—경계와 무경계틈새」, "칸칸의 빈방을 딛고 올라오"며
"바람의 연주"를 하고 있는 「0時와 0時 사이—합죽선」,
"0時" 밖으로 날아오른 "멸치떼"에 주목하는 「0時와 0時
사이—멸치떼의 비상」 등이 있다.

    고전풍의 긴 머릿결이 잠시 여울물로 일렁이다가 회오리치다가
생각났다는 듯이 뒤쪽으로 흘러간 옛길에서 그 여자가 아기와 소
녀, 꽃각시로 동시에 걸어 나오고 서로 부둥켜안고 와자지껄 떠드
는 소리 골목 하나를 가로질러 내게로 섬광처럼 달려왔다 이 장면
이 갑자기 사진틀 속으로 박히지만 (…중략…) 여자의 눈동자 속
에서 빠르게 달이 뜨고 달이 진다 살아온 시간만큼 0시가 0시 위에
첩첩이 포개진 사진틀 속으로 그 여자 자주 들어간다
  —「0時와 0時 사이—사진틀, 안과 밖」
    (『둥근 밀떡에서 뜨는 해』, 2003) 부분

위 인용 시에서 사진틀은 0時를 첩첩이 포개어놓은 모습으로 현현된다. 1년은 365번의 0時를 가졌고, 한 여자의 생애는 수많은 0時를 지나왔다. 사진틀은 여자의 아기와 소녀와 꽃각시가 동시에 걸어 나와 부둥켜안는 시간을 포함하고 있는 0時들의 집합소이다. 여자를 구성하고 있는 0時들의 시간은 불협화음이 아니다. 그들은 "부둥켜안고 왁자지껄 떠"드는 시간의 역동적인 화음이다. 시인은 사진틀이라는 현존하는 시간의 평면에서 무수한 0時를 꺼내놓고 그 시간을 들여다본다. 그 0時는 달이 뜨고 달이 지는 시간을 무수히 지나왔을 것이다. "고전풍의 긴 머릿결이 잠시 여울물로" 일렁이면서 회오리치면서 화자에게 다가온 0時는 문학적인 사랑이다. "여자의 눈동자 속에서 빠르게 달이 뜨고 달이" 지는 시간을 응시하고 있는 시인이 변주하고 있는 0時의 시간들은 사유에 사유를 거듭하며 의식과 무의식의 들판을 종횡무진한다.

「0時와 0時 사이─날 저문 숲에서」는 유년의 체험을 환기한다. "엄마가 없는 방"에서 "엄마를 부르는 아이의 목소리"를 들으며, "나무의 방에서 엄마가 일어나 답하"는 소리를 듣는 화자는 "골목 안 집집의 창"에 눈동자가 켜지는 것을 본다. 이는 "깊어지는 사랑, 울음을 데리고 저녁이 숲 속을 걸어 들어"온 밤이다. 0時와 0時 사이의 간격에는 이토록 수많은 이야기가 숨어 있다. 시인은 날카로운 언어의 혀로 부드럽게 0時와 0時 사이의 삶의 표피들을 포획한다. "나 한때 몸 붙여 살았던 것 같은 이 낯익은 골목 안, 저 모퉁이를 돌아나간 후에도 또 몇 번의 모퉁이를 지나 삶의 모서리가 벌겋게 깎여 나가고"(「0時와 0時 사이―날 저문 숲에서」)에서는 지나온 삶에 대한 골목의 추억이 애잔하다.

예외적인 이미지의 시로 「0時와 0時 사이―바람의 경전」이 있다. 시인은 0時와 0時 사이에서 바람의 경전을 읽는다. "너와 나의 숨결 속에서 스며 나온 막막한 비애/ 저 바람의 귓불에 물려 있을 것", "길이 꼬인 사람, 서재에서 책이 불타고/ 재가 되는 지성, 오색 빛깔의 물 위를 걷는 폐인의/ 혈관에서는 오색 빛깔의 꽃들이 독을 풀어/ 피를 끓이는 아우성이 들리는데"(「0時와 0時 사이―바람의 경전」)에서는 '허기진 뱃속', '비애', '죽음', '아우성'과 같은 폐허의 이미지들을 나열하고 있다. 화자가 사유하고 있는 바람은 시에 대한 사랑으로 볼 수 있다. 길이 꼬이고, 서재에서 책이 불타는 것을 인식하는 화자는 문학적인 욕망의 시선으로 바람을 인식하고 있다. "서울의 라스베이거스 골목에서/ 끝없이 꿈틀거리는 창자, 그 서쪽과 동쪽으로/ 날마다 해가 지고/ 폐허 위로 또 해가 뜨"고 있는 것을 목도하고 있는 화자는 세속의 도시와 더불어 살아내는 시의 삶을 외면하지 않는다. 도시의 삶 속에 인간의 욕망 속에 내재해 있는 "오색 빛깔의 꽃"들이 풀어내는 "독"의 실체를 목도하고 있다. 그 죽음의 나르시스를 향해 달려 나가는 국면을 시인은 묵묵히 지켜보며, "아직은 따뜻한 저녁식사"라고 읊조린다. 김길나 시인은 0時와 0時 사이에서 벌어지고 있는 만물의 천태만상을 적확히 짚어내고자 한다. 내면과 외면의 원점으로부터 저 멀리 우주에로까지 달려갔다가 돌아와, 응시하는 이미지의 변주들은 인간의 불안과 고독을 응시하며, "불안과 고독까지도 모락모락 묻어나오는 그대 눈물의 승천"(「0時와 0時 사이―겨울 정류장에는」)을 노래한다. 3부 마지막에 배치되어 있는 「0時와 0時 사이―둥근 밀떡에서 뜨는 해」에는 "밀알들이 삼킨 해 조각들이 둥"글게 모여 있는 것을 본다. 이 시는 생태적인 상상력이 돋보인다. "들녘을 훑고 지나간 바람 끝에서/ 밀밭 몇 장이 구겨졌다 구겨진 밀밭이/ 서녘으로 넘어간 뒤에도 남은 밀밭에서는/ 밀알들이 자"란 곳, 그리고 그 밀알들이 빵이 되고, 그 빵에서 뜨는 해를 보는 시인의 마음은 맑다. "밀떡에서 뜨는 해 한 덩이! 눈부시다/ 햇살 끝에 매달린 눈물방울,/ 그 처연한 슬픔까지도" 이 시를 니체의 언어로 말하자면 낮의 시라고 명명할 수도 있을 것이다. 태양의 예리한 감각이 밀떡의 풍만한 밀밭으로 발아된 시. 시인이 가톨릭교회에서 선교사로 복무했었다는 사실을 다시 상기한다. 시인은 밀떡을 먹으며, 이 시를 떠올렸을 것이다. 밀밭에서 수군거리며 피어오르는 수많은 밀알들을, 그리고 그 밀알 속에서 떠오르는 희망을 보았을 것이다. 이렇듯 김길나 시인은 밤의 언어와 낮의 언어, 무의식의 언어와 의식의 언어들을 종횡무진하며, 시의 무대 위에서 프렐류드를 연주하고 있다. 아니 기도하고 있다. 그가 '0시'와 '0시' 사이에서 바라보는 세계는 작은 점이며, 아기집이며, 아기와 소녀와 여인이 포옹하는 수많은 시간들이며, 불안과 고독이 정지해 있는 시간이며, 욕망과 독의 실체를 품은 시간이며, 다시 또 둥근 밀떡에서 뜨는 해를 감각하는 시간이다. 속세의 사건들을 외면하지 않고 그 시간 속으로 들어가, 아파하고 견제하고 위로하며 희망을 주고자 하는 김길나 시인의 시는 역동적이면서 다채롭다.

0.

김길나 시인의 시에는 문학적 이미지와 종교적 이미지가 공존한다. 그 이미지들은 서로를 전복시키며 위치를 바꾼다. 그의 시는 자유자재로 지면을 흘러 다니며 독자들의 눈을 장악한다. 필자는 그것을 구름과 바다의 대위법이라 명명하였다. 구름-종교적, 바다-문학적 혹은 구름-문학적, 바다-신학적, 그 이미지는 때때로 위치를 바꾸며, 독자의 마음을 점령한다. 바흐의 대위법은 왼손과 오른손이 주제를 연주하며, 대화하듯이 멜로디를 이끌어가는 것이 특징이다. 김길나 시인의 시에는 스스로 묻고 스스로 답을 하며, 이미지를 전개한다. 무의식의 바다에 빠져 탐험하고 있는가 하면 어느덧 구름 위에서 "이 극장 안으로 들어오는 이는 모두/ 공연자이며 동시에 관람자"인 체험을 하게 한다. "신전은 무너지지 않는다 네 기둥에/ 드리운 펄럭이는 장막 안에서는 안개가 흐르고/ 안개 자욱한 에로스가 흐른다 흐르는 모든 것들이/ 흐른다 사람들은 자신의 인생 유전을 장막에/ 비쳐보고 싶을 때에 이곳으로 온다"(「구름 극장—구름 아래서」)에 있다가 "사람들은 구름 극장에 오래 머물러 있는 것을/ 견 디 어 내 지 못"하는 모습을 포착한다. "구름 극장"이 무엇을 말하든, 사람들은 한곳에 오래 머물지 못함을 꿰뚫고 있는 표현이다. 화자들은 성과 속의 사랑을 오가며, 신학적 측면과 문학적 측면을 오르내리며, 의식과 무의식의 경계를 서성이며 삶을 살아내고 있다. 김길나 시인은 그 시간의 틈 사이에 있는 무수한 이미지들을 0시와 0시 사이의 변주를 통해, 역동적인 시어로 시의 무대에서 활달하게 연주하고 있다. 그것은 인간에 대한 자연에 대한 신에 대한 우주에 대한 김길나 시인의 사랑이라고 명명해보고자 한다. 그가 무수히 응시한 바다와 구름과, 음악과, 세속의 시간들은 0시와 0시 사이를 응시하고 있는 시인의 기도인 것이다. 화자들은 이 수많은 0시들의 시간을 사유하고 있다. '0시'는 '0시'에서 왔고 '0시'로 수렴될 것이므로, 김길나 시인은 '0시'의 시인이다. 음악으로 비유하자면, 바흐의 대위법을 연주할 줄 아는 시인이다. 오른손과 왼손의 주제를 자유자재로 연주하는, 바다의 탐험을 두려워하지 않는 시인이다. 구름 위로 비상하여 연주하고 있는 시인의 시들이 바흐의 음악으로 귓가를 맴돈다.

이어진

2015년 『시인동네』로 등단, 시집으로 『이상하고 아름다운 도깨비 나라』, 『사과에서는 호수가 자라고』, 연구서로 『1980년대 한국 현대시의 멜랑콜리의 정치성 연구』가 있다.

0시의 풍경

김혜선

김길나 선생님은 내게 활짝 웃는 모습으로 남아 있다. 그런데 개인적 친분이 있었던 것도 아니고 전해들은 이야기가 있는 것도 아니어서 그분의 추억담을 써야 한다는 것은 참 난감한 일이다. 일 년에 두어 번 모이는 자리에서 인사를 나누거나 형식적 안부를 묻는 정도의 친밀감으로 어찌 그분의 이야기를 쓸 수 있을까. 해서 책장을 뒤져 시집 한 권과 수필집 한권을 찾았다. 그리고 다시 읽는다.

시집 『시간의 천국』은 우주와 시간에 대한 상상의 세계를 창조해놓았다. 블랙홀, 웜홀, 화이트홀, 사건의 지평선 등 우주물리학 용어들이 동원되고 또 이해를 바탕으로 시적 상상을 광대한 우주 영역까지 확대시켜놓았다. 그런 시는 다른 시인들의 시와는 차별되는 느낌으로 다가왔다. 처음 책을 받고서 미처 이해하지 못하고 읽다가 둔 시집이었는데 이런 기회로 다시 읽으면서 선생님의 시 세계에 놀라움을 금치 못했다.

또 한 권 수필집 『잃어버린 꽃병』은 받아서 읽는 둥 마는 둥 던져놓은 책이었다. 문학잡지에 연재한 산문을 뮤어 발간했는데 시집과는 또 다른 결의 선생님을 만난다. 평소 뵈었던 맑고 단아한 모습을 글에서 느낀다.

"흰빛은 풍경의 배후이고 시작과 완숙이고, 존재의 안팎이다."

"닿을 수 없는 거리, 그 아득한 저쪽에서 반짝이는 빛이 있어 사람들은 그 빛을 별이라 명명했다. 사람들은 끊임없이 동경과 사랑, 이상과 꿈을 실어 올렸으며, 지혜와 의지 또한 그 별들에게서 쉼 없이 걸어 내렸다."

"무소유의 자유를, 그리고 웃음을 얻었다면 그것으로도 충분한 의미가 있는 삶이 아니겠는가."

이런 주옥같은 글들이 탄탄한 이야기를 바탕으로 엮여 있다. 빈터는 많은 시인들이 머물거나 스쳐간다. 그러나 시인은 결국 글로 남는다. 김길나 선생님을 잘 알지 못했지만 남긴 글을 통해 그분의 생각과 삶을 떠올리면서 또 단편의 기억들을 모아 추억해본다.

김길나 시인을 추모하며
― 우주적 상상력을 통해
구도자의 길을 가신 김길나 시인

장인수

　나는 『유심』(2015년 10월호)의 〈시가 지나는 길목 ⑪ 천체〉에 「우주적 상상력의 신비로운 성분」이라는 평론을 발표했었다. 그때 허만하 시 「그리움은 물질이다―아이잭 뉴튼에게」, 김산 시 「은하 미용실」, 서동욱 시 「우주 전쟁 중에 첫사랑」, 장석주 시 「고양이」, 남진우 시 「별똥별」을 예로 들면서 우주적 상상력을 분석하는 시평을 썼다. 그런데 다음해에 김길나 시인께서 시집 『시간의 천국』(2016)을 내셨다. "우주, 시간, 육체의 이미지를 혼재시키는 '구체화된 우주적 상상력'을 통해 과학적 개념들을 문학적 이미지와 완전하게 결합시킨 작품들로 완성시켰다"라는 놀라운 평을 받은 시집이다. 아! 김길나 시집을 읽으니 온통 우주였고, 우주적 상상력이었다.

　빈터 시인들이 '사랑'을 주제로 쓴 '사랑시집'인 『꽃몸살을 앓고 나니 겨울이다』(2018)에 김길나 시인은 「사랑의 역학」이라는 작품을 발표하였다. 그 작품에서 시인은

"자가 불멸을 위한 DNA의 사랑 프로그램을 누가 두루마리처럼 두르룩 펼쳐 읽고 있다", "사랑은 자가 불멸을 위해 DNA의 사랑 프로그램을 펼치는 위대한 우주의 핵력이며 전자기력이며 가혹한 척력이다"라고 노래했다. 우주는 사랑의 프로그램에 의해 움직인다는 것이다. 그녀는 우주의 시인이다.

빈터 모임에서 얘기할 기회가 있었는데 당신은 새를 무척 좋아한다고 했다. 새만 보면 창조주의 섭리가 보이고, 우주의 운동 에너지가 느껴진다고 했다. 나는 그 말을 지금도 생생하게 기억한다.

김길나 시집 『시간의 천국』을 읽고 「0시」라는 시를 페이스북에 소개한 적이 있다. 그 내용을 다시 여기에 옮긴다.

그가 내게 물었다
지금 무슨 일이 일어나고 있느냐고
내가 대답했다
물방울 한 알이 지금 막 사라지려 한다고
그가 또 물었다
그러면, 너 있는 곳이 어디냐고
내가 말했다
이곳은 물방울 밖이라고

팽창한 우주 하나가
사라지는 순간에
나는 신처럼
우주 밖에 서서
― 「0시」 전문

김길나 시인은 우주적 상상력으로 시를 써 온 시인이다. 시집 『시간의 천국』은 그 우주적 상상력의 정점에 있다. 천체물리학적 상상력이 시집 가득하다. 제목 '0시'는 우주가 생성되기도 하고 소멸되기도 하는 시간, 우주 빅뱅의 첫 시간이며, 지구의 역사는 물방울 하나가 변화하는 순간이다.

인간은 우주를 밑거름으로 만들어진 생명이다. 인간이 작고 보잘것없는 존재라고 생각하기 쉽지만, 미미한 존재 하나를 위해 전 우주가 필요했다.

우리 모두는 우주에서 태어나 우주로 돌아가는 존재다. 인간은 지구에 갇혀서 채 100년도 채 살지 못하는 존재다. 우리 인간의 뼈와 가죽과 지방질은 대부분 탄소와 산소로 구성되어 있다. 초신성 폭발이라는 극적 사건을 통해 탄소와 산소가 만들어졌고, 생성된 자신의 내부 물질을 우주에 흩뿌려놓고 그 물질이 우주공간을 떠돌다 중력의 힘으로 행성을 만든 것이 지구가 된 것이다. 지구에서 가장 가까운 별조차 빛의 속도로 날아가도 몇 년이나 걸리는 먼 거리에 있다는 점을 고려할 때, 우리 몸을 구성하는 물질이 얼마나 장구한 세월을 여행했을지를 생각하다 보면 정신이 아찔할 정도이다. 이런 의미에서 지구에 살고 있는 모든 생명체는 '초신성의 후예'이고 우주적 사건의 '극적이고 경이로운 산물'이다.

김길나 시인은 생명을 부여받아 이승에서 살면서 시를 쓰는 동안 하늘을 관찰하고, 별과 달의 운행을 따졌다. 하늘을 관찰하면서 하느님의 창조 원리를 살피고, 신화적 상상력을 펼쳤다. 생명의 기원은 우주였다. 인간은 우주와 끊임없이 자신들의 삶을 연결시켰다. 김길나 시인은 며칠 전 하느님의 품으로 떠났지만, 하느님의 우주적 섭리를 평생 탐구한 시인이었다.

밤하늘은 인류가 오랫동안 함께해온 문화유산이다. 인류는 밤하늘의 별을 보면서 세상의 근원에 대해서 생각했다. 그 호기심이 숱한 이야기를 만들었고, 철학을 낳았고, 과학자와 시인을 만들었다. 시인이여! 과학자와 함께 미지를 탐험하자. 아직 내가 모르는 별 하나가 나를 내려다본다. 당신의 눈동자에 담긴 별빛을 위하여 건배! 별똥별은 깊은 밤 지구를 찾아오는 신비로운 방문객이다. 허공에 짧은 불꽃을 남기고 사라지는 그 별은 존재의 유한성과 우주의 무한성을 계시한다. 그 별을 때로 은하를 헤엄치다 지구에 불시착한 고래로 상상한다면 어떨까. 그 고래 뱃속엔 우주의 오랜 역사를 응시하고 기록하며 책 읽기에 골몰하는 늙은 현인이 한 분쯤 깊은 명상에 잠겨 있지 않을까.

그라나다에 잘 도착하셨나요?

정한용

아무리 기억을 뒤져봐도 언제 선생님을 처음 만나게 되었는지 알 수가 없다. 〈빈터문학회〉 초기에 어떤 인연이 되어 같은 회원이 되었으니 거의 20년 전일 듯싶다. 일 년에 두 번씩 열리는 '문학캠프'에 거의 빠짐없이 참석하셨고, 선생님 댁이 인천이다 보니 오가는 길에 동행한 경우도 여러 번 있었다. 특히 강원도 양양에 있는 김영준 시인 댁으로 원행 다녀온 일은 잊히지 않는다. 내 차를 타고 가며 꽤 긴 시간을 선생님과 '독대'를 했던 시간이기 때문이다. 대화의 세세한 부분은 지워졌지만, 아무리 지워도 그 지워진 흔적만은 남게 마련이다.

우리는 주로 문학과 일상에 대하여 얘기했을 것이다. 시를 쓰는 이야기도 있었을 터인데, 시인에게 그런 이야기는 '시시한' 이야기인지 머릿속에 남은 것이 없다. 몹시 어렵게 "혼자 사시는 게 외롭지 않은지?" 여쭤본 적이 있다. 봉사와 기도의 힘으로 잘 지낸다고 대답하셨던 것 같다.

외롭다기보다는 외로움을 삶의 바탕으로 했을 때 오는 평온함과 고적함이 배어 나왔다. 나는 더 묻지 않았다. 선생님은 이야기를 '우주의 질서' 같은 형이상학적 질문으로 돌렸다. 이분이 갖고 있는 물리학에 대한 이해는 우리가 흔히 우주에 대해 안다고 할 때의 상식 수준이 아니었다. 암흑물질과 퀘이사에 대한 말씀이었는데, 내가 따라갈 수 없는 곳이었다.

또 선생님과 깊이 인연이 닿는 일이 있었다. 내가 만드는 〈디지북스〉 출판사의 '작은시집' 시리즈에 두 번이나 원고를 보내셨다. 내가 먼저 청했어야 도리인데, 오히려 선생님께서 적극적이었다. 그렇게 첫 번째 전자책 『그라나다』가 2018년에 나왔다. 시가 일곱 편 들어간 진짜 '작은' 시집이었는데, 거기엔 유튜브와 연결한 육성 낭독도 들어 있다. 일종의 멀티미디어 시집이었던 셈. 하여튼 그중 「그라나다」라는 표제시가 흥미롭다. 처음 원고를 받고 내가 시집 제목을 '그라나다'로 하자고 제안했다. 이 시에서 선생님은 "나는 그라나다에 갔었고 나는 그라나다에 가지 않았다"라고 했다. '그라나다'라는 그곳이 지구상에 있는지 알기도 전에, 꿈에서 그곳을 갔었다고 고백한다. 아마도 그라나다는 "하얀 집들이 햇빛에 반짝이는 곳" 즉 시인의 상상 속에 세워진 신비의 도시가 아니었을까.

그라나다가 스페인의 오래된 유적 도시라는 사실과 상관없이, 시인에게 그곳은 완벽한 이상향 같은 곳, 언젠가 가서 머물고 싶은 그런 곳이었을 것이다. 살아생전에는 못 가보았지만, 작고하신 지금은 "시간의 속도를 따라" 갔을 터이니 아마도 무사히 도착하여, "그라나다 전경이 보이는 언덕 위에서" 풍경을 즐기고 있으리라 추측해본다. 우리 삶은 아주 짧게 우주에서 왔다가, 다시 영원 속으로 돌아간다. 선생님은 어쩌면 그라나다라는 우주의 고향에서 왔다, 잠시 우리를 만나고 다시 가신 것일지도 모르겠다.

'작은시집' 두 번째 원고를 보내오신 건 2022년 봄이었다. 난 그때만 해도 선생님께서 건강이 기울어지신 줄 몰랐다. 워낙 내색을 안 하시는 분이니까. 그런데 원고 외에 다른 서류가 조금 미흡해 보충해주십사 요청했더니, "지금은 그럴 수가 없다"는 것이었다. 내가 미처 몰랐다. 일단 작품이 있으니 부족한 부분은 다음에 메꾸더라도 선생님 작품집을 냈어야 했다. 이럴 줄 몰랐다. 다음 기회로 선생님 시집을 유보하자고 했다. 선생님께서 그러자고 했다. 그게 마지막이 될 줄 몰랐다. 언젠가 그라나다에서 뵙게 되면 무슨 말씀을 드려야 하나, 마음이 아프고 안타까웠다. 선생님, 죄송해요.

다행히 이번 빈터문학회 회지에, 그때 내게 주셨던 시 10편을 '발굴' 형식으로나마 싣기로 했다. 마음의 짐을 좀 덜 수 있을 것 같다. 김정수 시인에게 맡겼던 동시 5편과 함께 세상에 선보이니, 마치 흙 속에 묻혀 있던 보석을 캐어내 햇빛에 비춰주는 것 같아 나름 한몫을 한 느낌이다. 선생님께서 그라나다 언덕에서 이쪽을 굽어보시다가, '수고하셨소' 한마디는 해주실지도 모르겠다. 우리 곧 만나겠지. 저도 미리 물리학 공부 열심히 해서, 선생님과 동급으로 대화를 나눌 수 있도록 애쓸게요. 그라나다에서 선생님 만나면 알람브라 궁전에 모시고 가겠다고, 혼자 약속을 잡아본다. 머잖아 갈 터이니, 기다려주세요.

2부

빈터문학회원 신작시

강 순 권지영 김도연 김명은 김미옥

김밝은 김소영 김송포 김영준 김윤아

김정수 김진돈 김혜선 나석중 박미라

박일만 서정임 수피아 신새벽 심종록

윤희경 이성수 이순옥 이어진 이혜수

장인수 정 겸 정완희 정충화 정한용

주선미 최지영 하태린 홍 솔 황영애

강순

시집 『크로노그래프』, 『즐거운 오렌지가 되는 법』
『이십 대에는 각시붕어가 산다』 등.
suwonism@naver.com

쌓이는 접시처럼

접시처럼 슬픔이 층층이 쌓여갈 때
슬픔은 견고해서 깨지기 쉬운
어디에도 없는 원칙들을 세운다

사람들을 묶거나 넘어뜨리며 쌓일 것
주객이 전도되거나 뒤틀리며 쌓일 것

앞의 슬픔은 뒤의 슬픔을 흔들며 쌓일 것
뒤의 슬픔은 앞의 슬픔을 벼리며 쌓일 것

슬픔을 죽음의 색으로 장식하는 포탄과 미사일 광선
음식과 집을 찾아 헤매는 눈동자의 잿빛 그늘
뉴스와 풍문에 속수무책 결박당한 사람들의 심장에

검은 곰팡이가 가득 핀 접시들이
밤새 층층이 쌓여간다

신의 이름으로 복수를 주고받는 남자들의 아우성
시퍼런 기도 같은 피난길 노인들의 입술

전쟁 속에 피어나는 아기들 붉은 울음

슬픔은 아침이면 바빠서 뿔뿔이 흩어지자고
쓸모없는 야합에 입을 맞추면서
위태로운 접시처럼 높이 쌓여간다

위정자가 이해와 타산을 사생아처럼 낳을 때
이웃 나라 전쟁이 주식 시장에서 날갯짓할 때
전쟁 무기들이 자본가의 눈길을 사로잡을 때
슬픔은 지구상에서 가장 권력적이다

아침에 뜨는 해가 무능한 신의 얼굴을 닮았다고
아무도 말하지 않아서
슬픔은 자신의 권력과 소임을 음지에서만 행사한다

슬픔의 능력으로 아무것도 처단하지 못하고
밤을 흔들어 쌓여 사람의 키를 훌쩍 넘어선다

반성적 자세

애월 바닷가에는 우는 엄마가 있었다
우는 엄마를 달래려고 손을 뻗었더니 웃는 엄마였다

웃는 엄마를 따라 함박 웃었더니 앓는 엄마였다
앓는 엄마를 만졌더니 이미 포말이 된 엄마였다

엄마가 가득해서 태반 같은 구멍들이 온몸에 생겨났다
엄마들을 버렸더니 바람의 말씀들이 날카롭게 새겨졌다

맨도롱 또똣하다가* 몸이 점점 식어가는 엄마들
늙고 병든 침묵으로 무언가를 말하는 엄마들

엄마들의 수어는 내가 미처 터득하지 못한 밀어
엄마들이 이렇게 한없이 부서져도 되는 걸까

바다에서 밭일에서 시장에서 돌아온 엄마들이
고된 육신을 눕히지 못하고 파도에 일렁였다

철없는 자식들이 쏟아놓은 어지러운 풍문들을

해저 동굴 깊숙이 수장하는 자세로

바람의 질타에 자궁까지 울며 갈겨쓴
세월 묵은 낙서들을 달관하는 표정으로

태아처럼 낳는 엄마들을 바다에 버려야지

버려도 버려도 해변으로 엄마들이 밀려왔다

그렇다면 나는 반성이 끝날 때까지
여기 오래 서 있어야 하는구나

몸을 꼿꼿이 세워 엄마들을 받아냈다

슬프고도 환하게 우뚝 서서
부서지는 엄마들을 모두 안는

해안가 절경의 용암석 절벽이 되어야 했다

• 맨도롱 또똣하다: '따스하고 따뜻하다'의 제주 방언.

권지영

시집 『아름다워서 슬픈 말들』, 『누군가 두고 간 슬픔』
에세이 『천 개의 생각 만 개의 마음; 그리고 당신』 등.
adami2@naver.com

비우고 버리는 일

휴지통을 비우고
스팸함을 비우고

책장을 비우고
옷장을 비우고
찬장을 비우고

서랍이 환해진다.
책장이 환해진다.
기도가 환해진다.

갇혀 있던
꽁꽁 막혀 있던
멈춰 있던

시
간
들

흐른다.

내가 너를 버리고
내가 나를 버리고

다시 비우고
다가온
안녕

매일 조금씩 눈물을 꺼내다

퇴근하고 돌아오는 길
주차를 하고
모든 것을 멈춘다.

이대로
이렇게
살아가도
괜찮은 걸까.

눈물이 차오르고
조금 울고
세상의 빛이 돌아가는 시간
나를 다독인다.

네가 나일 수 없기에
내가 나일 수 없기에

빛들은 모두 돌아간다.
눈물 안으로 말끔히

김도연

시집 『엄마를 베꼈다』 등 .

sug4759@hanmail.net

편견

새들은 항상 자기가 노래하는 줄도 모르고 노래한다
사람들은 새의 노래를 알아듣지도 못하면서
사랑에 굶주린 새들이 언제나 과장해서
징징 운다고 말한다

새들은 새들의 방식대로 생활하면서 노래하고
노래하면서 생활하는 것일 뿐
어떤 노래에는 무심히 건너온 계절이 무심히 꽃 피우는
것과 같다고 나는 믿고
생각할 뿐

오늘도
입술 부르튼 새가 노래로 한 생을 건너간다,
라는 내 생각이 틀렸다 하더라도
새들에게는 아무런 영향을 끼치지 않는다

자각몽

그리움도 죄라고
뜬금없이

용서라는 말과 함께 내리는
눈발

김명은

시집 『사이프러스의 긴 팔』 등.

msmj7@hanmail.net

나비 포옹법

나는 엄마 몸에 잠들어 있어요
숨을 크게 들이쉬고
두 팔을 가슴 위로 교차시키고 손바닥을 펼쳐요
좌우 번갈아 날갯짓을 톡톡
느껴봐요 엄마 숨이 내 숨이에요

힘들 때마다 각오를 하면 덜 힘들다 하셨죠 엄마는
이까짓 추위쯤이야 손바닥 맞비벼 내 뺨을 어루만졌죠
바람도 통과하지 못한 골목에서 반복되는 죽음의 행렬
뒷등을 보며 걷던 친구와 나는 붙잡은 손을 놓쳐버렸어요

아직도 무능 무책임이 팔짱을 끼고 요지부동
한 사람의 경호만을 위해 길을 막고 외침을 막아요
젊음이 물거품 위로 착지해요 샛노랗게 짧게
위험을 위험이라고 말할 땐 이미 늦었죠
엄마는 나를 잃고 생활과 부드러움을 잃어버렸어요

시베리아로 돌아가는 새 떼가 방금 지나가요
앞에서 뒤에서 화답하는 가족의 소리

허공의 발이 바닥도 없는 길을 끌고 날아가요

예감은 불안하고 불안은 적중해요 참척의 고통
안전과 위험 사이로 핏물이 또 흐르고
미궁이며 비통이며 수백 이름이 사라지는 참사
다음은 누가 될지 몰라요 나도 피할 수 없었어요

내일 또 만나자 아이들이 헤어지며 약속을 해요
한 발자국도 앞으로 나가지 못하고 후퇴하고 있는
정부의 달콤한 공약들은 아직도 요원한가요
골목 틈새를 봐요 오들오들 푸른 싹이 자라고 있어요
오래 아프지 말아요, 엄마

일출

아야 느그 아버지 멕이느라고 죽을 겁나게 쒔다

죽 쑨 오리를 마당에 풀어놓으면 한 마당 될 것이다

참말로 얼척도 없었어야 인쟈 똥 기저귀 갈아줄 일 없
는디

뭣 땜시 이리 바쁜가 당최 모르것다야

아 아 쬐끔만 더 벌려보랑께라우 다 흐르요안 하면

다 쪼그라진 입술을 벌려볼라고 애를 쓰더라

아프다 헐 때마다 이 약 저 약 다 찾아 멕였다

남들은 나보고 원도 한도 없이 할 만큼 했다고 하드라
만은

코로낭가 뭣인가 그 작것 때문에 마지막 얼굴도 못 보고

고장난 핸드폰 땜시 말 한마디 못 해보고

그렇게 빨리 가불 줄 어떻게 알았것냐

보내고 나닝께 마음이 무너져부러야

그랑께 말이다 살갑게 정 한번 못 받아봤는디

하도 모진 사람이라 뭔 정이 있었것냐만

가는 곳마다 눈에 밟혀서 암만 잠이 안 와야

새벽녘 모녀가 축축하고 캄캄한 이부자리를 태운다

한 몸을 태운다 치솟은 불길이 커다란 산을 삼킨다

김미옥

시집 『북쪽강에서의 이별』, 『탄수화물적 사랑』 등 .

dbmilk@hanmail.net

소녀만화

포니 농장 느티나무 아래
테리우스는 필름 카메라 사용법을 알려주었지
잘생기고 상냥했지만 원근법은 무시했어
난 뚱뚱한 미운 오리 새끼인데 이러면 곤란해
안절부절못하는 사이 어느 군인 아파트 302호로
겁먹은 고양이처럼 입양되었어
사람들은 수시로 단체 사진을 찍으러 모였고
얼은 손으로 커피를 나르거나 그악스럽게 손목을 잡히
기도 했지
아쉽게도 더 이상 역경은 없었어
수위의 한계랄까
화장실조차 향기로운 빌딩 엘리베이터 안에서
귓등이 깨끗하고 칼주름 잡힌 흰 셔츠 입은 남자를 보
았어
이 사람 테리우스인 거 같아
갑자기 사라졌지만 기억엔 남아있는
33층 버튼을 누르는 흰 손가락을 마냥 쳐다보았어
8등신 뒷모습이 완벽해
미안하지만 이번 생에 우린 만날 수 없어요

나는 웃지 않는 캔디

요술봉 없는 세리

세포들은 가로로 확장되고

유행 지난 몰티즈처럼 흔한 얼굴이니깐

사람들은 소녀를 비난했어

죄 없는 무국적자에게 악의를 퍼붓듯

내동댕이친 가련한 마음

오직 날카롭던 펜촉의 촉감만 손끝에 남아

해묵은 로망스를 그리고 있지

거칠고 빠른 터치가 필요한 건 알아

나를 키운 소녀만화는 죽지 않고 살아있어

콧날 오뚝한 테리우스는 말해주지 않았지

세상은 막돼먹은 영웅에겐 관대하지만

귀엽고 단신인 당신에겐 혹독하단 걸

국수관찰자

노인이 국수 하나 신중하게 시키고
굼뜨게 성호를 긋고 있다
분명 눈앞에 있지만
앙상한 뼈와 너무 검게 염색된 머리카락
먹는 행위 빼곤 살아있는 유령처럼 고요하다
국수 한 그릇 다음 생은
궁금하지 않은 오후 2시
장국은 들통에서 끓고
채반에 물기가 마르고 있다
죽기 살기 울던 매미 울음 그쳤다
소음은 아스팔트 지열로 흡수된다
나는 빼꼼히 내민 여름 두더지마냥
등 뒤 사람들의 즐거운 입말을 엿듣는다
드문드문 앉아있는 모르는 사람들
오늘의 무사함에 동조한다
방금 건져낸 멸치육수
비린내가 가득하다

김밝은

시집 『술의 미학』
『자작나무숲에는 우리가 모르는 문이 있다』 등.
gokim724@hanmail.net

발라드 오브 해남 1

목소리만 남겨놓은 사람이 떠나갔다

유난히 길어진 눈썹달이
발라드라도 한 곡 불러주고 싶은지
전봇줄 레와 미 사이에 앉아 있다

채우지 못한 음계를
바닷바람이 슬그머니 들어와 연주하면

허공을 가득 메운 노을과
나만이 관객인 오늘

시가 내게 오려는지,
그만 당신을 잃어버렸다

발라드 오브 해남 2

전복 양식과 김 양식으로
목소리가 간들간들해진 건
삼거리 노래방과 낙원 다방

표정을 숨긴
낡은 창문들을 들여다보면

구부러진 허리들이
고된 눈을 지그시 감고 있다

사장님, 멋지세요!
꼬깃꼬깃한 지폐가 나른해지는 시간

장터 골목에선 튀밥 소리만
뻥—이요 싱싱하게 날아다니고,

김소영

전자시집 『그린란드』, 시집 『엔돌의 마녀』 등.

syring65@hanmail.net

마녀의 등뼈

기쁨보다 걱정이 앞서는 승리
거짓말은 오늘도
도톰한 입술 위에서 아름답게 존재하지

그 순간을 잡아두고 싶었어
성급한 햇살 아래
가지런한 불신과 믿음의 냄새들
들숨과 날숨에서 새어 나오는 오래된 경계
우린 그때 먼지처럼 가까웠지

지나간 몸을 봄처럼 기억하고
민감한 척추뼈를 모아 아름다운 돌탑을 쌓았어
우리는 불안한 승리를 향해
오래된 세상을 몰래 빠져나왔지

살이 오른 입천장뼈를 지나 작은 모퉁이를 돌면
반석 같은 교회가 나오고 빨간 십자가가
샤넬 립스틱 92호처럼 반짝이는데
당신은 자꾸 나를 믿고

시작은 자주 흔들리지

우리의 결말은 진통제처럼 납작해지는데
등뼈에서 자란 노랗고 붉은 당신의 믿음이
자꾸 내 잠을 부풀게 하지

봄은 오지

상황 88-1

나는 방구석에
오래 앉아 있을 거예요
겨울 이불처럼 무겁게
내려앉아서
벽에 피어나는 곰팡이처럼 푸른
꿈을 꿀 거예요

작고 포근한 얼룩으로
이 세상에 오래오래 남을 거예요

김송포

시집 『부탁해요 곡절 씨』, 『우리의 소통은 로큰 롤』
『즉석 질문에 즐거울 락』 등.
cats108@hanmail.net

처서

돌 틈 사이 술이 흐른다
나의 눈동자도 흐른다
문어도 흐르고 복숭아도 흐르고 와인도 흐르고
사람도 흐르고 의자도 흐른다
달구어진 치킨을 손안에 넣어주자
흐르는 것들이 초록의 나무에 입혀져 눈부시다
물속에선 등받이 의자가 최선이지
할머니 할아버지가 수박을 먹는다
귀퉁이 돗자리에서는 포개어진 연인의 몸이
물속을 뜨겁게 달군다
가방을 찾으러 다니는 사람은
가을을 기다리는 일처럼 뜨겁고
기다려주지 않는 사람을 찾으러 다니는 여름은
서럽고 서운하고 서성거리는 일을
알려주는 신호처럼 흘러간다
첫눈이 오기 전에 미리 울어야 해
서러울 일 없도록 묶어야 해
와인과 청하의 흐름을 고민하다가
8월의 태양은 아직 한창인데

반성하는 무드의 가을을 켜기 시작하는
오늘의 행방을 유진목 시에서 찾아야겠다

.

상강

나는 햇볕을 쬐며 걸었다
여름 아이처럼 강한 척하는 것인지
살갗의 두드러기는 보이지 않았다
이제 회복된 거지
여름을 무사히 넘기고
찬바람 불면 도발은 사라지는 거지
환절기에 옷매무시를 가다듬는 동안
몸 여기저기에서 이상한 발진이 튀어나오기 시작했지
한랭성 알레르기는 토하고 호흡이 빨라지고 부풀어 올
랐지
찬바람이 스치기만 해도 피자를 먹기만 해도
민감한 반응을 보이는 여자가 되었다
너를 만난 지 십 년이 되었으니 멀어져갔을 거야
위로하는 동안
당신과 나의 계절은 어디쯤일까
몇 센티미터의 침대에서 몇 미터의 방으로 멀어지더니
벽을 사이에 두고 숨을 쉬는 사이가 되었어
굳이 이유를 대자면 잠자는 시간이 맞지 않았어
자연스럽게 백만 년의 온도 차가 스며든 거라고 하자

우리의 환절기는 벼를 거둘 때부터라고 하자
뜨거운 곳에서 차가운 방으로 옮기면서 머뭇거릴 때
당신과 나의 온도를 41도로 유지하면 어떨까
숨을 어떻게 몰아쉬는 지
바라보지 않아도 강을 건너지 않아도
이 계절에 살갗을 비비면 어떨까
적절한 시기와 적정한 온도를 찾아 방에 들어야 할까
가을의 한 중간, 낙엽은 이마에 떨어질 것이다

김영준

시집 『나무 비린내』, 『물고기 미라』 등.
gmlsth12@daum.net

늦편지

어둠이 쌓일수록 새들의 걸음도 빠르게 어두워진다
바람보다 먼저
밤비는 하얗게 내리고
나는 나의 목울대를 어디에 어떻게,

고요가 고요를 아쉬움이 아쉬움을 뒤척이게 하는 동안

아무 말도 아무 말이 되지 않는, 독백도 아닌

하여
모든 편지는 후기後記다

하여何如, 소리 없이 베어지는 살점이거나
눈물 자국 같은

한 사람의 부고를 받은 날, 밤

가을 설악

저

무
심
한

절
정
의

운구 행렬

김윤아

'한국방송통신대 문학상'
'순암 안정복 문학상' 대상 등 수상.
hyantang@hanmail.net

파랑주의보

굳은살 밴 혀도 솜사탕처럼 녹는다
제각각 뒹구는 토막 난 말
막다른 골목을 울린 파랑주의보가
경보警報 앞에 말뭉치를 던지고 달아난다

먼지 한 톨 못 보던 성깔도
지린내 풍길 듯 헐렁한 바지춤도
징검다리 잠 한숨 못 든 눈두덩에
꼭꼭 감춘 눈물까지 얼룩진 엄마 얼굴
단맛 길들이다 바닥 드러난 젖가슴
포도 씨만큼 남겨놓은 여자가
야단이 무서운 아이처럼 서서
토막토막 떨어지는 말문을 닫아 건다
떨어진 말 제짝 맞춰 주워 담으며
지중해 밝은 햇살을 데려와
그 아래 산뜻한 바다 펼쳐놓고
별일 아니다 별일 아니다
귀퉁이부터 말린 마음 자락 펴주려다
波高 높은 저 길을 누워 견딜 참이냐

목울대에 애먼 소리가 턱 걸린다

지금
파랑주의보 내린 막다른 골목길에
고도 높이는 파랑과 맨몸으로 마주한 여자
검은 눈동자에
사나운 파도가 몰려들고 있다

이번 역에서 환승하세요

열차는 바다를 지나가고 있다 바다 말미는
웃자란 갈대가 마른 흙을 뒤집어쓴 채
수북한 물길을 새로 긋고 있다
너울성 파도가 예고된 구역에 정차한 열차
무리와 헤어진 괭이갈매기 한 마리
맥없이 백사장을 헤집다
민들레 흰 갓털을 물고
물푸레나무 반대편으로 사라진다

쉰에 갈아탄 계절과 육지의 계절이
이마를 덧대어 나눈 사랑은 언제나 각별했다
흠씬 젖은 손 가득가득 무운武運을 빌었으므로
덜컹거리는 창을 사랑이라 믿는 아홉은
여태 열차에서 내리지 않았다
게으른 초침은 나보다 더 환승역을 사랑하고
은빛 파도 까무러지는 길을 아무렇지 않게
몇 눈금 앞서 걸어가고 있다

김정수

시집 『하늘로 가는 혀』, 『홀연, 선잠』, 『사과의 잠』 외.

3시간

오전 10시는 초록이 내려오는 시간

지상의 발끝을 더듬던 햇빛이
청춘으로 잠기면
낯선 얼굴들이 계단을 벗어나지

영화를 보려던 것은 아니었어
그 믿음 다 보인 것도 아니었어

주인을 잃어버린 치와와가
구인 전단이 붙어 있는 전봇대를
애처로운 눈빛으로
바라보는 것도 지치지
그냥 지나치지

평소엔 15분 이상 기다리지 않아
현상되지 않은 종이를 가지고 다녀

사진은 찍지 말아줘

내일이 사라질 것만 같아

저 앞 어느 창가의 어둠 속에서
꼼지락거리는 손가락으로
연신
물만 들이켜는

한낮에는 쉽게 목숨이 휘발되지
길을 건너면 중간에
주황이 말을 건네올지도 몰라

극적인 장면은 열차에서 이루어졌다가
끝내 운명을 횡단하지 못하고

어디선가 나를 보고 있다는 느낌
이리나 늑대의 눈빛은 아니야
그렇다고 토끼의 선한 눈빛도 아니지

결혼이 쉽니?

나라도 쉽게 나타나지 못했을 거야

하필 극장 앞이었을까
엔딩 크레딧이 다 올라가도 여름은 무덥지 않고
우리가 언제 친구였니?

오지 않거나 기억을 잃어가는 것들의
등은 아프지 않고 서럽게
근지럽지

지나간 사람이 다시 지나가고
다시 만나도 얼굴을 놓칠 것 같은

3시간이 아닌
순식간에 30년이 흐른 듯한

극장 앞에서 초록의 그늘 속으로
낯익은 손 잡고 앞을 지나가다가

길 건너지 않은 인연에
후회를 내려놓고
살뜰하게 귀가를 서두르지

울음의 출처

그러니까 한낮에는 들리지 않던 울음이었다 아직 태어나지 않은 아이가 울기 시작하자 어둠이 가장 먼저 따라 울었다 성질 급한 울음이 위아래 불을 깨워 서성거렸다 옆에서 옆으로 어둠이 벽의 귀를 열고 발끝을 치켜들었다 지겨운 수도꼭지가 바닥을 울리자 천장이 울었다 바닥에서 천장으로 차례대로 울어댔다 혼자 있던 젊은 귀는 손을 불러왔고 주름이 많은 손은 욕설을 불러왔다 아무 냄새도 나지 않았다 가끔 웃음도 들렸지만 출처가 불분명했다 소리를 불안의 목록에 올렸더니 공동주택 안 어둠이 다 물러갔다 미생의 울음과 소리가 여름을 매미처럼 흔들어댔다 오래된 복도에 불쾌지수가 흉흉하게 떠돌았다 공동주택 밖 어둠의 농도는 그대로인데 칸칸의 어둠은 다 어디로 갔을까 있다가도 없는 문에 그려진 벽을 열었다 소리의 입을 막고 밖으로 나오자 소요의 눈금이 조금 내려갔다 숲인지 강인지 원인을 알 수 없는 안개가 색깔도 없이 주차해 있었다 안개가 폭주할 때 상향등은 위험해요 영혼을 꺼주세요 죽지도 않는 숨결을 가만히 만지자 하얀 추위가 몰려왔다 어둠이 잠들기 시작하고 방은 안으로 울었다 환청은 소리도 없이 깨어 있었다 누가 별빛을 가

두었을까 안개와 어둠에서 신성한 살과 뼈가 생겨났다 그
만 농담을 꺼주세요 이것은 공포일까요 정체보다 무서운
건 정차였다 어디선가 번개가 탄 냄새가 났다 곡소리가
나기 전에 울음이 발굴되고 그러니까 밤마다 들리는 울음
이었다 바짝 마른 빛을 열고 환청이 밝아왔다

김진돈

시집『그 섬을 만나다』, 『아홉 개의 계단』 외.
woonjed@hanmail.net

떨림

예술의 전당 광장에 바람결에도 뒤척이는 나뭇잎
바닥에 나뒹굴면서도 떨리는 것인가

소리 없이 숨죽이는 악보
다양한 호기심의 기호가 칸칸마다 갇혀 있다

그곳에
한 점이 닿는 순간,

칠정七情은 칸칸의 벽을 뚫고 튕겨져 나갈 호기심의 기
울기이다
나무가 하늘을 향해 가지를 쭉쭉 뻗어나가듯

객석의 목소리에 안개처럼 퍼져 있는 독백의 아우성
숨 고르기를 하고 있다
파랗고 붉고 검은 시간의 진동

그곳에
한 점이 닿는 순간,

칠정七情은 칸칸의 벽을 뚫고 튕겨져 나갈 호기심의 기울기이다

벼랑 끝의 고집은 떨림이다

각覺

계전리 마을회관 어귀

벤치에 앉은 우리는 눈빛을 둥글게 말아가며 뫼비우스
띠처럼 어느 것이 질문인지 답변인지 구분할 수 없는, 하
지만 변하지 않는 먼 얘기들의 허리를 묶다가 문득, 휘어
진 가을로 시선을 옮긴다

책가방은 구석에 기댄 채

파란 하늘이 전깃줄 너머

막다른 황금들판과 뒤돌아설 때 뒤늦게 도착한 고백의
바깥을 쪼개는 중이다

그 사이

나뭇가지에 앉은 새 한 마리

하늘과 들판이 주고받은 안쪽의 적막을 따라 한 번씩
시선을 옮길 뿐

그 사이

고추잠자리 한 마리가

팔자처럼 큰 선을 그으며 파란하늘로 날아간다 예언처럼

봉합하는 허공은 물결치는 소리

서쪽 하늘에 붉은 노을이 산허리로 포근하게 내리는 위로
한 곳으로 모여드는 고요

그 사이

굴절된 밤이 숨을 쉴 때마다 누군가를 사랑해서 혹은
누군가를 미워해서 아니, 불가지 영역의 선을 뛰어넘어서
쌓이고 쌓인 것은 惑의 난간

저녁을 물고 있는 독백에
이제까지 있던 빛과 어둠에 관한 惑이 엷어지는
너와 나의 질문과 답변이 환해지는

시차를 넘는 것처럼
긴 여행을 다녀온 뒤 운동화 끈을 풀어놓은 것처럼 우

리는

　한동안 벤치에 앉은 채
　책가방은 구석에 기댄 채

김혜선

시집 『왜 오늘 밤은 내일 밤과 다른가요』 등 .

iyu4002@daum.net

불안의 서*

두 세계가 출발하고 당도한다

밤이 지옥의 얼굴로 다가왔다
긴 손톱으로 흰 눈썹을 뽑던 적의가
눈을 빼앗았다, 달이 떨어져
목 없는 사람들이 줄을 맞춰 지나가고
유령의 그림자가 죽은 시간처럼 앉아 있다

환상 없이 사는 건 슬픈 것이라 나는
지하방에 나를 넣고 문을 잠그거나
그 문을 지우개로 지운다
불 탄 벽을 기어오르거나
묻고 답하는 두 개의 혀를 가진다
혀 하나에게 물고기
혀 하나에게 무덤이라 이름 붙인다
물고기는 밤의 범위를 줄여 무덤을 바다라 불렀다

　물고기와 무덤이 동전을 던질 때마다 지하방은 바닷물
이 차오르고

물뱀도 장화도 아니고
떠내려간 천국도 공복도 아니고

물려받은 종교 때문에 가득 찬 달의 습도 때문에
베어 문 혀의 표정 때문에 너는 내 환상이다
아직 거기 있는 잘린 팔이다
고통에 몸부림치는 것들이 펄펄 뛰어내려
거미처럼 흩어져 있는
수협공동어시장 바닥이다
떠나온 것들이 밤을 만드는 폐쇄된 바다다

* 페르난두 페소아

빈티지 주머니

시작은 그랬어요.

재킷에 달린 두 개의 주머니에 버림받은 고양이와 막 판에 뒤집어진 승부를 넣었지요. 파리에는 빈티지 가게가 많았어요. 재킷은 파리의 감성이 묻어 있고 고양이는 옛 주인의 감정을 이해하는 척했어요. 우리는 다리 위를 걸 었고 그 아래로 배들이 시름시름 앓으며 지나갔어요. 저 기 시침 빠진 시계만 훔친다는 시계공이 뛰어가네요. 18 세기가 만든 난간에 기대어 사진을 찍었어요. 얼굴이 없 는 것처럼 사랑도 가짜 같아서 아이스크림이 뭉개졌어요. 여긴 골목을 돌 때마다 대마초 냄새가 났어요. 루마니아 출신 난쟁이 광대는 푸들과 앵무새에게 일어나지 않을 예 언을 가르쳐요. 관대한 여행자처럼 새장에 갇힌 맨드라미 를 사서 날려주어야 할까요. 장르가 변해야 한다면 맨드 라미 같은 심장을 갈아 마시는 독재자 드라큘라 얘기를 해야겠지만, 오늘은 당신 생각 쪽으로 걸어가겠어요. 재 킷을 빌려드리죠. 몽유병 환자 모임이나 무연고자 무덤을 찾아가는 모임에 입고 나가주실래요. 주머니에는 불타는 마녀와 커튼콜을 넣어도 좋을 것 같네요.

나석중

시집 『목마른 돌』, 『저녁이 슬그머니』외
시선집 『노루귀』 등 .
oogeugi@hanmail.net

된장국을 끓이며

된장국을 끓이며 결국
서러움이 어깨 들썩이는

양은냄비에 보글보글 끓는 냄새가
곰삭은 슬픔이라는 것을

그래, 슬픔도 곰삭으면
밥 한 그릇 된다는 것을

싹싹, 비벼 먹는 그 밥 한 그릇이
나를 살려왔다는 것을

끓는 된장국을 바라보며
더 살아야겠다는 것을

유심唯心

비 온다
세상의 마음을 울리는 빗줄기
사정없이 때리는 비는 누구의 마음인가

연잎에도 비는 오고
비는 연잎에 가득 차기도 전에 비워지고
결코 연잎은 비에 젖지 않는다

연잎에 속절없이 내리는 비가
몸 동글게 말아 마침내 낙수가 되는 걸 보면
연잎의 마음은 둥글다

연잎을 적시지 못하고 속진만 씻어 가는
철철이 오는 비는 누구의 마음인가
둥글다

박미라

시집 『파리가 돌아왔다』, 『비 긋는 저녁에 도착할 수 있을까?』
『울음을 불러내어 밤새 놀았다』 외.
matami@hanmail.net

낙관을 찾아서

있었어, 있었다구,

저녁마다 숨죽여 울던 여자가 있었다. 녹슨 가위로 달빛을 오려 붙인 박꽃이 있었다. 아무것도 모른다고 꽁무니를 흔들던 반딧불이가 있었다. 간장독에 빠져 죽은 앵두꽃이 있었다. 살얼음을 깨고 송사리를 부르던 어린 손이 있었다.

있었어. 있었다구,

니가 아부지 인감도장이다. 알아듣지 못할 주문을 곱씹던 여자가 있었다. 뜰팍에 걸터앉으면 늘어진 젖가슴이 갸르릉 거리던 여자였다. 바짝 말라붙은 개밥그릇 곁에서 막도장 하나를 무심히 주무르다 새벽차를 탄 구두가 있었다.

낙관 하나쯤 나한테 줘도 되겠지. 벽옥은 버겁고 대추나무는 괜히 슬퍼. 벼락 맞은 나무를* 고르라니, 내가 어떻게 네 팔을 잘라서 내 이름을 새기겠니. 네가 어떻게 나

를 껴안고 물속에 들겠니. 버리지도 못하고 있었다고 우기지도 못하고,

나는 찍을 수 없는 낙관을 모시고 사는 최초의 인류로 기록될 거야.

그래, 있었어. 찾지 않을래, 찾지 못할래, 이제 그만 일어설래.

* 벼락 맞은 대추나무는 물에 가라앉는다.

사랑니가 있었다

살 속에, 뼈 속에, 이빨이 박혀 있다고
틀림없이 내 것이라는 물증이 확실하다는데

내가 나를 속속들이 알지 못했던 것은
무슨 죄목에 해당할까
입속에 스멀스멀 번지는 안개를 삼키면서

알지 못했으므로 발설할 것도 없는
가뭄이나 꿀꺽이는데

평생을 끼고 살았던 사랑처럼 낯설어서
텃밭 고랑 속으로 잦아들던
성근 머리카락이나 호명하면서
멀리서 웅웅거리는 소리를 감아쥔다

진작에 알았다면
사랑니는 이미 뿌리만 남았을지도 모른다
물큰한 복숭아 살점을 베어 물 듯
설익은 것들에게 함부로 이빨을 박거나

바람을 물어뜯다가 헛발을 디뎌 엎어졌을지도 모른다

부러지는 거 순식간이다

사랑니쯤이냐고 웃지 마라
여까지 와서 이빨 두 개를 찾았다

한동안 더 으르렁거려도 되겠다

박일만

시집 『뼈의 속도』, 『살어리랏다』, 『사랑의 시차』 등.

sizaca@naver.com

아침

나무가 툭,
몸을 털며 기상한다
후두둑! 튀어 오르는 새 떼

횃대를 박차고 쏜 살같이 솟구친다
저들은 공중돌기 하는 생이다

빛발처럼 갈라지는 세 떼, 새 떼들
주린 배를 부풀려 하늘에 펼친다

밤새 비운 몸
햇빛을 한껏 담아보는 세 떼, 새 떼들

수없이
짓고 부수었던 꿈의 비늘을 털어내는
새 떼들

먹이를 찾아 창공으로 일제히 흩어진다

아침마다
지상에서 튕겨 나가는 새 떼들
세상으로 튕겨져 나가는 사람들

늘 허공에 거처를 두고 사는
무리들

문명

아파트 창문 너머 하늘이 사라졌다
공간을 채우며 빌딩이 점령했다
콘크리트로 덮이고
구름은 더 높은 곳을 찾아 떠났다
언뜻 보이던 햇빛도 장막 속으로 사라졌다
저 높은 건물 속에서
사람들은 공중 부양을 하며 살아갈 것이다
틈새에 끼인
키 낮은 초등학교가 숨을 헐떡인다
아이들은 비좁은 공간에서 콩나물처럼 자라
이 나라의 일꾼으로 나아갈 것이므로
어른들은 서슴없이 광장을 메꿨다
메꿔진 하늘
새 한 마리 날지 못하고
매미 한 마리 찾아오지 않는 마천루에서
사람들은 스스로 지은 날개를 차려 입고
가끔은 새처럼, 가끔은 매미처럼
엘리베이터에 붙어 소리 지를 것이다
인간의 세상은 사라지고

콘크리트 몸집들이 모여 사는 도시가 나타난 일
우연을 가장한 필연으로 치부되었을 뿐
오고갈 길이 막힌 바람이
벽에 부딪치며 세찬 소리로 울어댄다
절규,
아우성,
벽속으로 빨려 들어간다

서정임

시집 『도너츠가 구워지는 오후』, 『아몬드를 먹는 고양이』 등.

dhkemem@hanmail.net

섬들의 광합성

코로나19가 섬을 만들었다
우리는 서로 닿을 수 없는 섬
닿지 말아야 할 거리를 만들어야 하는 섬
내가 가지 못한 우로스섬처럼
티티카카호수처럼
우리는 머나먼 섬이 되어
또 다른 섬을 만든다
보이지 않는 바이러스가 던진
우울과 슬픔을 말리며
스마트폰 속 또 다른 세계를 만든다
언제 끝날지 모르는 무제한 어둠에
서로가 주고받는 카카오톡과 문자 메시지와
음성 통화를 하는 소리들
이대로 영원히 보지 못할 불안을 제거한다
말랑말랑 서로를 향해 휘는 물결이 된다
서로가 서로를 생각하는 마음 한줄기도
흘려보내 버릴 수 없는 우리의
서로를 위한 광합성
서로가 서로를 열고 서로를 쬔다

서로가 서로를 내어준다
보이지 않는 것이 보이는 것보다
더 단단한 결속을 만들어주는 것처럼
새로이 형성되는 갈라파고스
우리는 한 물결로 흐르는 바다 속
뿌리박고 있는 섬들처럼 깊숙이
서로를 이해하는 섬이 된다
서로가 서로에게 거리 없는 계절을 기약하는
드넓은 바다가 된다

사라진 맛

대설주의보가 내렸다
겹겹 쌓이는 눈

놀이터에서 아이들의 웃음소리가 들린다

온통 눈을 뒤집어쓴 아파트 동 입구 지붕에
매달려있는 고드름

오리 몇 마리가 미끄럼틀에 놓인다
이제는 아이들이 만드는 모양마저도 달라진 눈사람

얼마 전 페르부랄스크와 시베리아 쿠즈네츠크에서는
형광빛 녹색 눈과 유독성 흑탄 먼지 뒤섞인
검은 눈이 내렸다는데

하나 뚝 따서 깨물면
뼛속까지 맑아지던 고드름 맛과
솜사탕처럼 입안에 녹아들던 눈의 맛을
저 내리는 많은 양의 눈에도 아이들은 모르고

며칠 전 폭설을 알리는 기상예보에
염화칼륨을 뿌려놓은 차도에는
보이지 않는 화학물질이 수없이 날리고 있다

수피아

시집『은유의 잠』.

soopeea@hanmail.net

나무 아래로 분홍이 1

봄에 길을 걷다 보면
나무 아래서 분홍을 만나게 되지.

가지는 하늘을 향해 뻗어 있으므로
분홍이 아래로 떨어져 내리는 줄도 모르고

나는 나무처럼 서 있어 보았지.
너는 활짝 팔에 매달려, 상기된 얼굴의 분홍이었지.

어느 한 날 꽃이었다가, 분홍은
나뭇가지로부터 이유 없이 떠나갔지.

길에서 구르다 분홍이
먼지가 되어 가는 걸, 나무는 보지 못하지.

지는 꽃을 보며 나는
한 번도 나무를 슬퍼해 본 적이 없는데

분홍꽃잎이 나무 둥치에 쌓이는 건

나무가 입던 옷을 벗는 것 같기도 하고

언제였을까.

흙으로 된 심장이 내게 생겨났다고
어린뿌리를 자장가처럼 불렀었는데

뿌리는 흙의 심장을 파고들었었지. 그러고는
흙에 스며든 물 한 방울까지 빨아댔었지.

생살이 찢겼지. 잘 나오지 않는 젖이 아팠지.
오래전, 막 태어난 아이였을 때 네가 그랬었지.

쑥쑥 자라나는 머리카락, 너를 업은 나는
주름을 가져다 몸 구석마다 나이테를 둘렀었지.

나무 아래로 분홍이 2

진한 갈색 안전화에 발을 넣어 보았지. 안전화는 반응이 없었지.

안전화를 가져 보지 못한 나무는
구멍 나고 너덜거리도록, 신어 보지도 못했을 것이다.

왜 너는 나에게 안전화로 태어났던 것일까.

어느 공사장에서 일을 마치고 돌아온 너는
현관 앞에 쓰러지듯 누워 쉬고 있었고

끈이 풀어진 안전화는 힘겨워 보였지.

쓰러진 자리를 받아내는
바닥을, 흙투성이로 만들었던 안전화

나무 아래로 분홍이 떨어지는 봄날이었지.

주인을 버린

허름해진 이까짓 신발쯤이야 하며

나무가 성큼성큼 재활용 통 앞으로 걸어갔지.

이제는 누구의 안전화로 다시 태어날까.
뾰족한 날을 세우며 안전화가 수거함에서 텅텅 울었지.

　나무에 꽃은 그냥 피었다가 그냥 지는 거라고
　나는 그냥 살아야 하는 거라고 나무를 쓰다듬는 사이
에도

　나무 아래로 분홍이 쌓이고 있었지.

신새벽

시집 『파랑 아카이브』 등.

ssea61@hanmail.net

비닐하우스

수평이 내어준 공간에서 여자는 매일 미끄러졌다

오늘도 지겹게 껴안아야 하는 눅눅한 이불을 들고
금이 그어진 시간의 틈 사이를 건넌다

어제의 길에 누웠던 잠이
수척한 시간 위를 오늘 또 돌멩이처럼 구르고
습한 문장들이 차곡차곡 쌓여가는 곳

까무룩 벼랑, 여자의 입술이 파르르
오그라진 발바닥으로 조심스레 하루의 그늘을 밟는다
여자는 이곳에서의 생활이 늘 불안하고 초조하다
너덜거리는 비닐들이 싸늘하게 흩날리며 녹슨 뼈로 지
탱하고 있는 생의 터

너덜거리는 바람조차 비켜서서
미래의 깃발은 나부끼지도 않고 살점을 도려낸 상처만
남았다

빈 숟가락을 입에 물고

기억 속, 찾을 수 없는 행적을 찾아 또 기웃거린다

집 속의 집 속의 집 속의 집*

투명하고도 아슬아슬한 착란
태양과 바람의 샤워를 온몸으로 받으며
주춧돌마저 허공에서 흔들린다

태초를 빙자해 익명의 빙하로 만들었을까

지붕의 모서리마저 부드러워 첼로의 가장 낮은 음이 지
느러미처럼 스친다
푸른 아가미를 가진 창문
베일이 드리워진 방문을 밀면
당신의 잠꼬대들이 배열되어 있고
생기발랄한 웃음소리 아직도 유효한 방

여자의 뭉클거리는 평온이 푸른 실루엣을 들여다본다

아무도 살지 않은 계절이 머물다 가도
아직 닿지 않은 시간마저도 가랑이를 벌리고 달려와
숨소리 베고 누울 수 있는 공간

출렁이고 아른거리는 촉감

당신의 비밀마저도 봉인될 수 없는
허공이 내어준 집

심종록

시집 『쾌락의 분신 자살자들』, 『신몽유도원도』 등 .

joogby@hanmail.net

화엄버섯 49

다 잘살았다 간다. 외쪽생각으로만 맴돌아 말 한마디 건네지 못했던 나의 사랑도 이제 안녕이다.

차표 한 장이 없어 밤새 걸었던 철둑길을 오늘은 청춘 열차가 달린다. 우파라반나 닮았던 내 사랑이 봄빛에 취해 망가졌던 곳, 지금은 모텔이며 호텔이 톰의 벌목공*처럼 서 있고

同情스럽게 내리는
봄,
빗속에서 방황하는 黑齒妖女**여,
찾아 헤매는 천국이며 지옥은 마음의 弄奸, 그러니
우리 지금 여기서 사랑하다 컥!
모래에 파묻혀서도 오만한 왕***의 낯빛만큼이나 의기
양양하게
쓸쓸해져 버리자.

*『에로스 훔쳐보기』 1995. 도서출판 심지. p.205 도판 참조.
** お齒黑べったり.『환상동물사전』에 의하면 달걀형 얼굴에 입만 있는
요괴다. 인기척이 뜸한 밤에 길가에 서 있다가 지나가던 사람을 부르는데,
뒤돌아보면 새까만 이를 보이면서 씨익 웃는데 눈과 코가 없다고 한다.
*** 오지만디아스.

화엄버섯 5

1.
치마버섯을 잘못 발음하면 '치마벗어'가 된다.

2.
티 없이 맑고 환했던 수작질이 못마땅해
무화과 잎사귀로 치부를 가리게 한 엘로힘 그도 내심
몰래 뒷방 들어가 오줌 누는 異方 女神의 엉덩이를 훔
쳐보고 싶었으리라.

3.

잘못을 저지른 벌로 바지 벗기우고

수치심과 떨리는 희열 속에서 매질을 당한 루소

그의 고백록은 관능과 죄의식의 체험 수기다 그리고

멍청아, 문제는 경제야 외쳤던 대통령에게 오럴 해주고

페미니스트들에게 버림받은 르윈스키는 회고록을 남겼
는데

리트비아에서 나쁜 남자*는 결국 입을 다물고 말았네

치마버섯은 백색부후균

썩어가는 나무에 새 생명을 불어넣지 발칙하게도

다섯 가지 장애를 가지고 태어난 사람**이 變態에 성공
하여 즐거움을 얻듯이

패티시스트며 음흉 시인은 그러나

시스의 苦며

러플드의 集이며

머메이드의 滅이며

A-라인의 道를 찾아서 오늘도

빈 계곡 사이 옹달샘으로 향하네
쓰레빠 끌고 반바지 차림으로 아름다운 갈색 눈동자
다시는 사랑하지 않겠어요 휘파람 불며

* 김기덕 감독 작품.
** 오장설伍障說, 또는 변성남자설變成男子說이라고 한다. 여자로 태어
난 사람은 아무리 용을 써도 다섯 가지 장애 때문에 부처가 될 수 없다는
것. 잡스럽고, 무절제하며, 불순하며, 청정하지 못하고, 색욕에 집착하기
때문인데, 그렇게 문제가 많은 여성의 몸을 남자의 몸으로 바꾸어야 성불
할 수 있다고 부처 당시에는 믿었다. 트렌스젠더 참조.

윤희경

시집 『대티를 솔티라고 불렀다』, 전자시집 『빨간 일기예보』.

kyun7884@gmail.com

춘포역 싱그랭이

동네 병원 닥터 해리니는
몸통을 눕혀놓고 오래 진찰했다

바람이 할퀴고 간 곳인데,
짚어낼까?
다리 사이로 검안경을 밀어 넣고
작은 핀셋으로 벌레 먹은 살을
쥐 콩만큼 뜯어냈다
거즈로 닦고 커튼을 거두며
입꼬리에 힘을 모았다
곧, 강한 봄날이 올 것이니
며칠 후 다시 보자 했다

지갑을 열어 남은 겨울을 다 털어 줬다
'강한'이라는 말,
뜨끔한 쪽 아닌가

느티나무까지 걸어서 왔다
신발 한 켤레 새로 사서,

먼 길이나 떠나볼까
이참에 집이나 다녀올까
누군가, 또 어디선가 간절한 봄

올 봄이야 러시안 지프처럼 달려오겠지
한번 헤진 몸은 아무리 닦아도 누런 얼룩이더라

꿈을 수선하다

내 안에 비가 내리고, 나는 그 비에다 물을 주는 중이다

자기 전엔 사막을 걷지 말라는 말
잠덧은 모래알이라서
손가락 사이로 흘러내려서
잠이라고만 볼 수는 없지

꿈은 올라갈 수 없는 나무라는 말
무른 무릎으론 엄두가 안 나서,
꿈이라고만 볼 수는 없지

떨지 마, 추위도 부풀어 올랐다가
털썩 꺼지기도 해,
꿈을 둥지라고 불러볼까
머리맡이 환해지게

어떤 마을은 액자로 걸어 두었어
벽을 두드려도 모른 척 해서,
오래된 약속들이 떠나버려서,

참, 그때 누가 꿈을 찍어두었더라

떫은맛이 계단 꼭대기에서 톡!
데구루루루,
작은 꿈들이 채 익기도 전에 깨져버렸다
잠들어있는 조각은 조심해야 해!

꿈의 소매를 꿰매고, 꿈의 밑단을 잇대어
다시 일구자고 했더니,
뜯어진 잠들이 달려와
꿈속을 꼭꼭 주무르기 시작했다

꿈을 수선하려고, 비는 며칠 째 박음질 중이다

이성수

시집 『눈 한 번 깜빡』, 『그대에게 가는 길을 잃다, 추억처럼』 등.

iamparang@naver.com

사랑이 사랑으로

사랑이 사랑으로 아플 때가 있지
창문으로 스미는 작은 햇살에도
눈이 부실 때가 있지
할 말 많아서 말하지 못할 때
시든 꽃그늘 아래 서서
바위의 눈물이 된 적 있지
길을 걸어도 항상 바람 끝 제자리
더 이상 다가갈 수 없는 저만큼 거리에서
눈 꼭 감고
지친 달빛만큼 고개 숙인 적 있지

봄밤 끄트머리
사랑이 사랑으로 무너질 때가 있지

너의 집 앞에서 꽃이 진다고
봄의 창문을 두드린 적 있지
창문은 끝내 열리지 않았지만
더듬더듬 찾아간 창문에서
너의 그림자를 본 적 있지

꽃이 진다는 것은 무너지는 것
계절이 비스듬히 저물어갈 때
잊을 수 없는 날을
잊어야 한다고
책장을 넘긴 적 있지

붙잡지 못한 봄밤
사랑이 사랑으로 아플 때가 있지

이태원 연가

그래, 미안해

처음이자 마지막으로 너의 뒷모습을 안으며

굽은 길 끝

예상할 수 있는 선택지는 없었어

마음은, 흩어진 신발이거나

혹은 네온 불빛이거나 어둠

떠나가는 숨결을 보고 듣는다는 게

어설펐지만

가슴과 가슴이 만나는 건 불안하다고

땀 젖은 너의 등짝은 지옥으로 가는 문

나의 입김이 절규처럼 뭉치는 곳

내려갈 수 없는데 계속 밀려 올라오니까

내 사랑도 소름 끼친다고

출구 없는 골목에서 뛰는 심장

너는 누군가의 한 겹이 되고

나는 너의 한 겹이 되고

몸뚱이가 몸뚱이로 차곡차곡 빈틈을 메운다

아스팔트 위로 여린 입맞춤의 첫날을 가슴에 묻는다

골목에 갇혀 멈출 수도, 돌아갈 수도 없어서

끝도 없이 그리움만 들것에 실려 나오는,

자려고 누우면 어김없이

피지 않은 젖가슴이 떠올라

다시 생각해도 가슴의 파도를 따라나설 도리밖에 없었다

지구 그림자를 밀어내야 하는 가을 달의 질식

미안하다, 내 가슴팍에 사랑한다는 말로

못 박힌 가슴아

이순옥

시집 『바람꽃 언덕』, 『어쩌면, 내 얼굴』, 『슬픔도 기다려지는 때가 있다』 등 .

oae200@hanmail.net

고요한 수면

강화도 전등사에 가면
오백 년 동안 부처님 집 지키는 물항아리 하나 있다
가만히 있어도 불귀신이 도망간다는 청동수조 하나
큰 몸통에 물을 가득 담고 하늘의 구름도 담고
지나가는 새들에게도 물을 주며 절을 지킨다

절을 태워버리겠다고 온 불귀신이
수조 속에 비친 제 얼굴을 보고 놀라
혼비백산 도망간다는데
그냥 그 자리에 앉아만 있는 물항아리를 보고
물 한 모금 못 먹고 도망치는 어리석은 불귀신
어디 가서 그 무서운 얼굴 기웃기웃 비쳐볼까

나도 나를 몰라보고 여기저기 기웃거리다가
한평생 다 보내고 있는지도 몰라

뜨거운 불덩어리 품고 떠도는 자들마다 들여다보는 거울
청동수조 속 고요한 거울

빈 밭이나 배회하다 사그라지는 불꽃처럼
제풀에 죽어 자빠지는 얼굴들 모여들어
저마다 제 얼굴 찾느라 고요한 수면이 붐빈다

귀신의 속내를 귀신같이 꿰뚫어 보는 절집 물항아리
고요한 수면에 나도 내 얼굴을 비춰본다

대낮에 꿈꾸는 우화등선羽化登仙

번데기가 날개 있는 벌레로 바뀐다고요?
껍데기의 감옥에서 벗어난 벌레가
날개를 달고 날아간다고요?

땅에 발을 붙이고 있다고 하지만
껍데기 속에 웅크린 발은 언제나 진창을 헤매었다
껍질 밖의 세상 그리워
오늘도 꿈틀대며 벽을 두드려 보지만
날마다 꾸는 우화의 꿈으로도
진창의 땅바닥이 꿈틀댄다

이름도 없고 등뼈조차 사라진 한 마리 물컹한 벌레
날개가 돋고, 신선이 되고, 하늘로 날아오른다고?
대낮의 꿈은 왜 황홀하고 가슴 설레는지
찬란한 허공을 날아서 날아서
벌레의 등에 수많은 날개가 돋아나서
껍질을 깨버리고 훨훨 날아서 가버리는 저, 저,
발칙한 대낮의 우화등선羽化登仙이라니

이어진

시집 『이상하고 아름다운 도깨비 나라』, 『사과에서는 호수가 자라고』 등.

lees1120@hanmail.net

아기별의 여행

아이의 손에 풍선이 들려 있다 눈이 부셔 쳐다볼 수 없는 푸른 하늘의 날씨다 풍선을 따라가면 빛나는 엄마의 나라에 다다를 수 있을까 아이는 작은 손을 반짝이며 날아가고 있다 복잡한 풍경을 헤치고 건장한 남자가 횡단보도를 지나가고 있다 정류장에는 불탄 신발이 성큼성큼 지나가고 있다 날아가는 풍선을 든 아이의 손이 사내의 머리카락을 움켜잡는다 바닥까지 내려왔다 훌쩍 뛰어오르는 남자의 손이 LG 25시 꽃피는 약국 웃는 돼지 정육점의 입에 별을 물려주고 있다 스스로 빛을 발하는 사거리 점포의 사람들이 아기별을 사뿐히 안아준다 아기별은 잠들어 있다 아무도 이 별이 어디에서 왔느냐고 묻지 않았다

공원의 추모식

나무들이 모여 있는 숲속, 나무와 의자가 만나면 커다란 공원이 된다 그의 공원에서 허리가 아픈 달을 만난 적 있다

11월의 바람은 스산한 나뭇가지를 흔든다

그의 공원으로 냉장고를 보러 갔던 날, 냉장고 안에 살고 있는 그는 칼날 같은 바람을 내밀었다

없는 내일을 기다리는 공기는 아프다

산 사람과 죽은 사람들이 함께 공원에 놀러 오곤 한다

그런 날 그의 공원은 슬픈 눈빛으로 조문을 읽는다

바닥에서 구름의 눈동자들이 빛나고 있다

기다리지 않아도 사람들은 죽는다

늦가을의 바람은 같이 걷는데도 슬프다

그를 보러 갔던 날, 그는 공원 안에서 공원이 되어가고 있었다 죽은 바람의 이름을 부르며 그는 공원의 한 모퉁이가 되어 있었다 죽은 이름을 조문하고 돌아오는 날엔 하늘에 그믐달이 떠 있었다 집에 돌아오는 길, 그믐달은 더 추워 보였다 그 공원엔 바람의 추모식이 끝나지 않는다

이혜수

시집 『자기 일찍 들어올 거지』, 『널 닮은 꽃』 등 .

tpghk700@naver.com

금오도 비렁길에서
— 햇살 등燈

전설이 깃들어 있는 금오도 비렁길
수천 년 신비가 숨 쉬는 섬의 숲속
여행자들의 발걸음이 적막을 깨운다

내딛는 걸음마다 도시의 삶에 지친
일상이 사라지고 움푹 팬 마음의 상처
알 수 없는 슬픔 여름과 더불어 곰삭아 간다

울창한 동백나무숲 나무와 나무 사이
바람이 드나드는 샛길 사이사이에
환한 햇살 등燈 숲속 땅에 불 밝힌다

욕망이 사라진 태양빛은 솜털처럼 부드럽다
어두운 마음에 햇살 등 걸음마다 스며드니
날 선 생각들은 이리 순하게 둥굴어지는구나

멀리 하늘과 바다가 맞닿아 있는 천 길 벼랑길
걷고 걷다 보면 한여름의 심장 뜨겁게 타오른다
파도는 썰물 밀물의 경계를 지우며 하나가 된다

바람 따라 그림자처럼 언제 따라왔을까?
꿈이 행렬을 이루어 모두 지나가는 시절
당신이라는 뜨거운 이름 등불로 서 있다

사랑의 신화 탄생
— 닿다, 너에게

바람 한점
고요 속,
스며든다
허공을 떠돈다
그리움, 수많은 바람의
꽃봉오리 터진다

순간,
바람 한 점
내 심장에 꽂힌다
50조의 세포가 깨어난다
장엄한 생명의 오케스트라 연주가 시작된다

장인수

시집 『온순한 뿔』, 『적멸에 앉다』, 『천방지축 똥꼬발랄』 등.

su031777@hanmail.net

발칙한 꽃

산길이나 들길이나
가을이 깊어
저절로 나는 구절초꽃

꽃을 따서 귀밑머리에 꽂으면
실성한 놈이 되는
청순하게 미친 사랑아

구월 구일에
아홉에 아홉 마디
뿌리는 캐어 약으로 달이고
꽃잎은 말려서
베개 속에 넣으면
머리가 맑아지는 꽃

세상은 많이 혼란스러운데
산과 들에 핀 구절초는
물구나무서서
가랑이를 벌리고

자신의 은밀한 부위를 하늘에게 보여주고 있다

오상고절傲霜孤節인 구절초
절개를 지키는 꽃이지만
유독 하늘을 향해 자신의 밑까지 활짝 보여준다
하늘에게만은 발칙한 꽃

가을 하늘은
부끄러워 얼굴 둘 곳이 없겠다

구절초와 가을 하늘은 부부이런가
청순하고 발칙한
이슬에 흠뻑 젖은 사랑아
새벽 길섶의 사랑아

오줌 텃밭

집터와 마당은
단단하고 매우 굳게 다져진 땅이다
바로 옆에 있는 텃밭은
물렁물렁하고 보슬보슬한 흙부스러기다
나는 종종 텃밭에서
바지춤을 내리고
분무기처럼 볼일을 본다
텃밭은 내 오줌 터다
콩밭과 상추밭에
맨드라미 붉게 꽃벼슬 쓴 얼굴에
쉬를 보며 진저리 친다
내 불알을 올려다보며
오줌 목욕을 하는 구절초야
다들 튼실하고
이쁜 꽃을 피우고
씨앗과 곡식으로 바꾸는 녀석들이 모여 사는
텃밭은 내 쉬 터다

정겸

시집 『푸른경전』, 『공무원』, 『궁평항』 등.

jung36kr@hanmail.net

어머니의 환유換喩

봄볕 가득한 처마 밑
구순을 훨씬 넘긴 어머니
낡은 멍석에 앉아 해바라기하고 있다

아버지 생전 새끼를 꼬아 날줄을 만들고
볏짚 하나씩 틀어 씨줄로 엮어놓은 멍석
아버지 온기가 살아있다며 차마 못 버리겠단다

멍하니 빈 하늘 쳐다보던 어머니
툭 한마디 허공에 날린다

큰애야 너는 복도 많구나
이 나이에 내가 아직도 정신이
멀쩡하니 이게 내 복이 아니라
네 복인 거다

아니 어머니 복이 아니라
내 복이라니 고개가 갸우뚱거려진다
한참을 생각하다 갑자기 웃음 쏟아진다

226

어머니 머리 위에
활짝 핀 진달래꽃 아직도 꽂혀있다

심판대에 서다

콩쥐와 팥쥐
흥부와 놀부
개미와 배짱이
심청이와 뺑덕어멈
시골쥐와 서울쥐
거북이와 토끼
토끼와 자라
선녀와 나무꾼
천사와 악마

길고 긴 꿈이었다
살아오는 동안 한평생 동화책을 읽은 것 같다
이제 심판을 받을 시간이다
나는 누구인가.

정완희

시집 『장항선 열차를 타고』, 『붉은 수숫대』 등.

jwh9018@hanmail.net

나비는 끝없이

나비는 끝없이 날아드네
장마가 계속된 구월의 배추밭으로
나비들은 끊임없이 배춧잎에 알을 낳고
애벌레들은 잡아도 잡아도 끝없이 생겨나네
날마다 해 뜨는 아침이면 나무젓가락 들고
벌레 똥을 찾아 배춧잎을 뒤적거리네

나비는 끝없이 날아드네
페북 인스타에서 천사의 얼굴로
미군복 입은 사진으로 나를 낚으려는
끊임없이 유혹하는 젊은 여인들을 보네
나무젓가락으로 벌레를 잡듯 삭제하고
차단하고 모른 척 고개를 돌린다네

이 세상 나비들은 왜 이리
나를 우리를 끝없이 유혹해 올까
내 나이도 이제는 황혼기라네
나비들의 유혹에 담담할 나이
그러나 아직도 심장은 쿵쿵거린다네

아직도 가슴은 뜨겁다네

지옥의 길 마다가스카르

늙은 트럭 한 대가
식민지 때 포장도로였던 진흙 구덩이
언덕길을 꿈틀거리며 힘겹게 오른다
폐차장에서도 볼 수 없는 오십 살 넘은 차
"아직 젊은 트럭입니다"
"오십삼만 킬로 주행이니 새것과 다름없어요"

그러나 엔진 시동은 두 선을 합선하며
셋이 시동 밧줄을 당겨야 한다
"브레이크도 고장 나
일 년째 엔진브레이크로 버티고 있죠"
차축 아래 겹판스프링 고정 부품이 달아나
자전거 튜브로 고무줄 삼아 묶었다

세계 세 번째 가난한 나라
신발값이 없어 맨발로 인력거를 끄는 나라
비가 많이 와서 채소 기르기도 힘든 나라
원시의 자연이 살아 있는 낙원
이 세상에서 가장 크고 아름다운

동화 속의 바오밥나무가 있는 나라이다

정충화

시집 『누군가의 배후』, 『꽃이 부르는 기억』 외
산문집 『삶이라는 빙판의 두께』 등.
vivojch@hanmail.net

사랑이라는 거리

남십자자리의 아크룩스라는 별은
삼백이십일 광년이나 떨어진 거리에서
지구의 아랫녘을 비추고
남반구의 바다를 지나던 옛 선원들은
그 빛을 길잡이 삼아
남극을 찾아냈다고 한다

세상 어떤 언어로도 형용하지 못할
광대무변한 우주 너머
그 머나먼 별과 이 행성 사이
영겁의 공간을 흘러온 빛이
사람의 길을 비추었다 생각하니
절로 아뜩해진다

그대여, 당신과 나의 거리도
그 무량겁의 인연을 휘돌고서야
기적처럼 맞닿았으리니
우리, 북반구의 그믐밤
큰곰자리에서 산란한

얇은 빛 한 조각만큼이라도
서로의 발등을 비추며 살자

자연 애호가

어쩌다 텔레비전에서
'나는 자연인이다'라는 프로그램을 볼 때면
저게 다 연출일 거라 생각하면서도
그들 사는 모습이 늘 부러웠다

적당히 외진 산기슭 계곡 근처에
허름한 흙집 한 채 세우고
내가 잘 아는 약초 캐다 말리고
밤이면 마당에 쏟아진 별 부스러기나 주워 담으며
나도 자연인으로 살 수 있을 것 같았다

그런데 가끔 인적 드문 산길을 걸을라치면
무에 그리 무서운지
굶주린 멧돼지라도 만날까 무섭고
떼장 벗겨진 무덤 지날 때도 무섭고
호랑지빠귀의 소슬한 울음소리도
투덕거리는 바람도 고요도 다 무섭다

자연도 좋고 낭만도 좋고 감성도 좋다만

이런 쫄보가 심산유곡에서 어찌
낮이며 밤을 홀로 견디겠는가
나는 천생
자연 애호가로나 살아야 할
팔자인 모양이다

정한용

시집 『유령들』, 『거짓말의 탄생』, 『천 년 동안 내리는 비』 외.

소리가 소리를 두드린다

스프링처럼 소리들이 튀어나온다. 둥글게 휘어지던 현악기 음이 여러 갈래로 흩어졌다 타악기 소리를 만나 다시 한 묶음으로 모인다. 소리는 저마다 침전물을 갖고 있다. 강물이나 폭포 같은 격류를 만나야 비로소 떠오르는 것들이다. 무겁고 탁한 것을 가볍고 경쾌한 소리가 휘젓는다. 아래 깔려 있던 소리가 무게를 이기지 못해 폭발하면 마침내 소리는 소리를 두드리기 시작한다. 오, 죽음을 편하게 해주소서. 사자의 입에 떨어지지 않게, 유황불에 빠지지 않게, 마지막 심판의 날에, 시련에 들지 않게 해주소서. 당신의 품 안에 받아주소서. 두꺼웠던 소리가 여러 번의 두드림으로 마침내 반질반질해졌을 때, 합창단이, 사람의 목소리가 울퉁불퉁한 표면을 다듬는다. 뾰족뾰족 거칠던 파형이 물렁물렁해지고, 시간의 뚜껑이 천천히 닫힌다. 고대 극장* 무너진 담장 위에 앉아서 구경하던 달도 자리를 턴다. 수만 번 들락거린 VIP 회원답다. 이렇게 우리는 모두 죽음을 향해 한 걸음 더 다가가게 되었다.

---

* 그리스 아테네의 아크로폴리스에 있는 '헤로데스 아티쿠스'라는 극장. 지어진 지 2,200년 된 이 고대 극장에서 2023년 6월 29일 밤 아테네 주립 오케스트라가 연주하는 베르디의 〈레퀴엠〉 공연이 있었다.

희망이라는 절망

희망이 싸졌다. 십여 년 전부터 공급이 넘치기 시작하더니 가격이 폭락했다. 백화점 명품코너에서 VIP 고객에게만 밀거래하듯 판 적도 있었는데, 이젠 동네 마트에서도 쉽게 구할 수 있다고 했다. 들리는 말로는 희망을 생산하던 지식 엘리트들의 담합이 깨졌기 때문이라고도 하고, 방송에 나와 떠드는 자칭 전문가에 의하면 원래 효과가 미미한 것이었는데 드디어 소비자들에게 그 정체가 들통났기 때문이라고도 했다. 우리처럼 평생 희망이란 걸 사본 적 없는 보통 사람들이야 값이 오르든 내리든 상관이 없지만, 나는 어제 황당하기 그지없는 일을 겪었다. 그리스 여행을 다녀온 소평 씨가 선물이라고 준 상자를 열어보니, 거기에 상한 희망이 한 봉지 들어 있었다. 아마도 유효기간이 지났거나, 비행기로 오는 도중 탈이 난 듯했다. 준 이도 몰랐지 싶다. 속이 무르고 색깔이 변했는데, 우리나라 썩은 희망과 비슷해 보였다. 그냥 버려야 하나, 준 이를 생각해 잠시라도 보관해야 하나, 걱정으로 잠이 오지 않았다. 희망이 조금씩 조금씩 절망으로 변질돼갔다. 세상 썩는 냄새가 고약했다.

주선미

시집 『지도에 없는 방』 외.

js3373@hanmail.net

전선 이동 중

폭우가 퍼부었으므로
천둥도 번개도 가늠할 수 없었다

잠시 들어온 바람에도 쿵쾅대는 심장이라니

한나절만이라도 붉고 싶었다
버려야 가능한 일이었으므로

함께하고 싶다는 말은
일기예보와 같아서
맞거나 틀리거나

전선은 전선으로 수평이 되는 거라고
씁쓸하게 웃었다

붉어진 시간
팽팽하게 잡아당겼다

툭, 투둑, 어김없이 소나기

흠뻑 젖었던 당신의 등,
이제 맑음.

다시 용산역

피붙이의 부음을 전화로 듣는다
기차를 타고, 낯선 길로 접어들었을 인연을 생각하며

휴대전화 속
유통기한 지난 문자를 모두 지운다

며칠째 젖어 있는 길
그만 말려야지

감은 눈 속으로
흐릿하게 잡힌 속도감
화살표로 선명하게 박혔지만

이제 뽑아낼 것이다

쓸어낼수록 목젖 뜨거워지는 것은
큰아버지, 그래 큰아버지 때문이야

왜 하필 너였을까

한동안 아프고 나면
한 뼘 자란다는 말

죽을 때까지 아플 거란 말과 같아서
기차에 두고 내렸다

메마른 줄기에 매달린 오이를 따겠다고
손아귀에 힘을 주던 저물녘이 뒷덜미를 당긴다

최지영

동시집 『웃음 도미노 게임』, 『방귀 뀌는 해적선』 등.
cym6565@hanmail.net

바다는 어제처럼

끝나지 않은 장맛비가 있었다

잠들기 힘들 만큼
강하고 거세게 내렸다

당분간 엄마와 떨어져 지내게 될 걱정에
뜬 눈으로 뒤척이다
어느새 잠들었다

문득 눈 떴을 때
비가 언제 휘몰아쳤느냐는 듯
붉은 해 솟았다

바다는 어제처럼
돌아가신 아빠 품고도
맑고 눈부시다

생각하면, 특별한 모든 순간들은
비와 바람

구름과 달
별을 품은
평범한 날들 속에 있나 보다

1학년

연못에서

아기 개구리가
날 빤히

나는 쪼그리고 앉아
널 빤히

눈 맞췄다
동글동글

나도 유치원 꼬리 뗐다!

하태린

'한카문학상' 시부문 우수상 수상.

soo2959@naver.com

생각의 탄생

1
겸손하게 허리 굽은
곡괭이의 노동
땅을 향한 일종의
영양 섭취 턱질이다
턱의 입질이다

2
저 날렵하고 육중한
제법 번쩍이는 제네시스*라는 명명도
알고 보면 인간을 매개로 한
문명의 자가 턱질인 셈이다

3
탄생은
오로지 턱질의 결과다
초원의 풀과 나무와 잎들
모든 젖줄기의 근원이다

4
곱게 되새김질한다

5
구부러진 마음도 설설 펴진다

6
지금
밤하늘 은하 물결이
넘실거리고 있다

* 그리스어 γέννησις, 라틴어 génĕsis.

그림자 3

한여름 고산의
빙하를 감상하고
내려오다 길을 잃었다
초저녁부터
브랜디와 와인을 걸친 산*의 양어깨는
더욱 무거워 보였다
어둠 속에서 혼자 싸우다 먹칠하다
무사히 내려왔다

라면 끓여 허기 채우고
산짐승 공포와 습기를 머금었던
이슬 친 옷가지며 어두웠던 마음조차
따사로운 모닥불에 털어 말렸다
빠닥빠닥 말리고 훌훌 날려버렸다
진한 커피 한 잔 마시고 선
애써 잠을 청했다
산 그림자 서늘하다 못해
오싹한 밤이었다

날카롭게 흘기던
외눈 달빛 눈초리
어슬렁거리며 번득이던
코요테 눈초리

* 밴쿠버와 휘슬러 사이의 브랜디와인山(Brandywine Mountain, 해발
2,213미터). 한여름에 오르면 신비하고 오묘한 분위기의 습지, 개천,
폭포 등 춘하추동 사계절과 웅장하고 험한 산세, 정상 부근의 만년설을
감상할 수 있다.

홍솔

시집 『지독한 사랑』, 동시집 『가자가자 한글 나라』
한글 학습서 『10일 한글 읽기』 등.
hongsol7@hanmail.net

별이 빛나는 밤에

해가 지네요.

일렁일렁 태양의 거친 숨소리 잦아들고

요동치는 어깨 다독이며 어둠이 내려요.

비로소 하늘을 올려다봅니다.

밤하늘은 짙푸른 그림판입니다.

휘어지거나 꼬불꼬불한 생각, 짧고 두꺼운 원색의 감정을 물감인 양 그림판에 툭 뿌려봅니다.

그리운 것은 그리운 것끼리 사라지는 것은 사라지는 것끼리 피어나는 것은 피어나는 것끼리 모여들어요.

함께 춤을 추며 날갯짓하며 동심원을 만들었다 풀었다 바람과 별의 노래로 밤하늘은 마법에 걸립니다.

어슴푸레한 새벽, 주먹만 한 샛별이 밝고 환하게 빛날 즈음

별들은 동산 위 지붕에 두루마리 모양으로 내려앉아 못다 한 이야기를 들려줍니다.

사이프러스 나무 하늘과 땅을 잇고 빛과 어둠이 어우러진 여명이 오도록 너와 나 우리의 이야기는 깊어갑니다.

홍도 풍란

마침내 홍도에 닿았네.
멀리 떨어진 섬
저물녘 바닷물도 섬도 붉게 물드는 섬
바다 위에 뿌려진 보석 보석 섬 섬
검붉은 보석 향기롭게 하는 풍란이 보고 싶었어.
저어기 낭떠러지 절벽 위에 풍란이 자생하고 있어요.
유람선 안내원 방송 따라 고개 돌려보지만
풍란은 돌아와 화면으로 본다네.
선 따라 이으며 고고한 자태를 보고
눈으로 달콤한 향기를 맡네.
절벽과 바람과 파도와 하나 되어 그렇게 살고 있구나.
마음속 풍란 한 촉 키우며 바람을 닮아가네.

황영애

시집 『내가 낯설다』, 『사과 껍질에 베인 상처에 대해』 등.

hya2481@hanmail.net

금당실 마을을 읽다

마을의 길흉화복을 점치는 송림길 노송이
그늘을 안고 덕담을 필사 중이다

오래된 길에 오래된 나무,
문맥이 일맥상통하여
여러 권의 대하소설을 집필하는 마을

단단한 문장들이 열려 익어갔고
이파리들은 예의를 갖춰 경례하고 있었다

가만히 들여다보면 과거와 현재를 중첩하여
당겨주고 밀어주는 눈부신 배려가 문장인 곳
금당실 돌담길이 섬세하게 웅숭깊다

발길 닿는 곳마다 비문을 퇴고하는 역사지만
두고두고 간직해야 할 지침서 같은 것이기에
흔적을 탁본하여 미래를 외우고 있었다

책꼬재이로 꽂아 빚은 별빛이 문패인 집마다

경서와 서사를 적는 대하소설은 한결같이 편찬 중이다

불친절한 난청

소리를 갉아먹는 음성을 들었다

세상에서 처음 들어본 말이었다
굉음을 삼켜 얽혀버린 언어가 머릿속을 훑고 지나갔다

언제부터였던가
슬그머니 사라진 소리의 행방을 찾아 더듬거렸다

아침에는 저녁의 소리를
저녁에는 아침의 소리를
오후 소리를
새벽 소리를

조각난 촉수로 의성어의 흐름을 바꿔놓았다
비문으로 해석한 언어들이 피투성이로 나뒹굴었다
슬그머니,
세상에서 멀어지는 연습을 하게 되었다

멈춰버린 소리는 슬픔의 통점,
행간을 가득 채운 수어의 문장이
눈물겨운 긴 서사를 견디고 있다

빈터문학회

2023 빈터문학회원 주요 활동내용

■ 강순

박사학위(논문 「허수경 시 연구-시적 주체와 주제 의식의 연관성을 중심으로」). 시집 『크로노그래프』(여우난골) 발간. 제2회 이충이문학상 수상.

■ 권지영

그림에세이 『천 개의 생각 만 개의 마음; 그리고 당신』(문학세상), 그림책 『행복』(단비어린이), 그림책 『노란 나비를 따라』(단비어린이) 발간.

■ 김밝은

석사학위(논문 「문효치 시에 나타난 백제 표상 연구」).

■ 김송포

시집 『즉석 질문에 즐거울 락』(천년의시작) 발간.

■ 김정수

시집 『사과의 잠』(청색종이) 발간.

■ 박미라

시집 『파리가 돌아왔다』(달을쏘다) 발간. 제1회 천안문학상, 제18회 지리산문학상 수상.

■ 박일만

시집 『사랑의 시차』(서정시학) 발간.

■ 서정임

전자시집 『도너츠가 구워지는 오후』(한국문학예술저작권협회) 발간.

■ 이어진

박사학위(논문 「한국 현대시에 나타난 멜랑콜리의 정치성 연구」). 시집 『이상하고 아름다운 도깨비나라』(청색종이), 『사과에서는 호수가 자라고』(여우난골) 발간.

■ 최지영

동시집 『방귀 뀌는 해적선』(숨출판사) 발간.

빈터문학회 연보

■ 2000-2004

2000.01 창립 모임(8명), 홈페이지 개설, 초대 대표 정한용

2000.06 독립서버, 도메인 등록(www.poemcafe.com)

2000.08 제1회 빈터문학캠프(대부도)

2001.01 제2회 빈터문학캠프(속초)

2001.06 동인지 1집 『빈터』 발간

2001.08 제3회 빈터문학캠프(청주 무석도예)

2002.01 제4회 빈터문학캠프(대전 동학산장)

2002.08 제5회 빈터문학캠프(거창 덕유산청소년수련원)

2002.12 동인지 2집 『보임』 발간

2003.06 제1회 시생명제(안산 성호조각공원)

2003.08 제6회 빈터문학캠프(무주 기곡수련원)

2004.02 제7회 빈터문학캠프(여주 남한강 일성콘도)

2004.06 제2회 시생명제(안산 청소년수련관 분수무대)

2004.10 한국문화예술진흥원 2004우수문학사이트로 선정

2004.12 동인지 4집 『빈터』 발간

■ **2005-2009**

2005.02 제8회 빈터문학캠프(여주 남한강 일성콘도)

2005.08 제3회 시생명제(안산 화랑유원지 야외음악당)

2005.12 동인지 5집 『빈터』 발간

2006.02 제9회 빈터문학캠프(공주 갑사), 제2대 대표 박
제영

2007.01 제10회 빈터문학캠프(춘천)

2007.08 제4회 빈터 시생명제(강원도 평창)

2008.01 제11회 빈터문학캠프(논산 초연당), 제3대 대표
정한용

2008.08 제5회 시생명제(논산 초연당)

2008.12 동인지 6집 『나무심』 발간

2009.01 제12회 빈터문학캠프(여주 남한강 일성콘도)

2009.12 동인지 7집 『섬을 읽는 시간』 발간

■ **2010-2014**

2010.01.30~31 제13회 빈터문학캠프(충주 계명산휴양림)

2010.08.28~29 제6회 빈터 시생명제(옹진군 선재도)

2010.12 동인지 8집 『寓話, 혹은 羽化』 발간

2011.01 페이스북 그룹 〈빈터 PoemCafe〉 페이지 개설

2011.08.20~21 제14회 빈터문학캠프 및 제7회 시생명제
(정선)

2011.12 동인지 9집『조각무늬, 꿈』발간

2012.02 회지『PoemCafe Quarterly』창간호 발간

2012.05 빈터동인 봄 단합대회(강원 속초)

2012.10 빈터동인 가을단합대회(경기 양평)

2013.01.26~27 제15회 빈터문학캠프(남양주 축령산휴양림)

2013.06 빈터동인 봄 단합대회(경기 화성)

2013.10 빈터동인 가을 단합대회(경기, 서울)

2014.01.18~19 제16회 빈터문학캠프 (용인 한화리조트),
제4대 회장 김정수

■ 2015-2019

2015.01.17~18 제17회 빈터문학캠프(담양 세설원)

2015.10 빈터동인 가을 단합대회(경기 화성)

2016.01.23~24 제18회 빈터문학캠프(안성 별빛고운펜션)

2016.06.25~26 제19회 빈터여름문학캠프(충주 산촌생태마을)

2017.02.25 빈터 전국총회 개최(서울 인사동 푸른별주막)

2017.07.08~09 제20회 빈터여름문학캠프(안성 칠현산방)

2017.08.25 제1회 빈터시낭독회(서울 교보문고 합정점 배움홀)

2018.01 빈터문학회지 10집『꽃몸살을 앓고나니 겨울이다』발간

2018.01.20~21 제21회 빈터문학캠프(가평 골드리버캐슬펜션), 제5대 회장 김진갑

2018.03.02 제2회 빈터 시낭독회(서울시민청 태평홀) "이제 우리는 사랑을 이야기한다"

2018.07.14~15 제22회 빈터여름문학캠프(예산 쌍지암)

2019.02.16~17 제23회 빈터문학캠프(진천 화랑촌팬션)

2019.08.10~11 제24회 빈터문학회(안성 칠현산방)

■ **2020-현재**

제6대 회장 장인수

2020.06 빈터문학회지 11집 『스멀스멀 옮겨 다니는 무늬』 전자책 발간

2020.07.04 빈터문학회지 11집 출판기념회, 화상 시낭독 (성남 카페 '봄언덕')

2020.09 빈터문학회지 12집 『길이 된 내 그리움』(디카시 특집 전자책) 발간

2021.01 빈터문학회지 13집 『지상의 악보』 발간, zoom 화상회의로 출판기념회

2021.07 빈터문학회지 14집 『금지』 전자책 발간, zoom 화상회의로 출판기념회

2022.03 빈터문학회지 15집 『투명을 대하는 방식』 발간, zoom 화상회의로 출판기념회

2022.05 빈터문학회 봄나들이(수원 화성 둘레길)

2022.07 빈터문학회지 16집 『꽃의 급소에 문신을 새기다』 (디카시 특집 전자책) 발간

2022.07.09.~10 제25회 빈터문학회 문학캠프(화성 스텔라펜션)

2022.10 빈터문학회 가을나들이(안산 갈대습지공원)

2022.11 빈터문학회 시낭송회(오산 중앙도서관)

2023.05 빈터문학회지 17집『작고 가볍고 부드러운 접촉』(디카시 특집 전자책) 발간

2023.07.15.~16 제26회 빈터문학캠프(청주 잉카의아침펜션) 폭우로 하루 전 취소

빈터문학회원 명단

■ 회원 (현재 37명)

강 순, 권지영, 김도연, 김명기, 김명은, 김미옥, 김밝은
김소영, 김송포, 김영준, 김윤아, 김정수, 김진갑, 김진돈
김창재, 김혜선, 나석중, 박미라, 박일만, 서정임, 수피아
신새벽, 심종록, 윤희경, 이성수, 이순옥, 이어진, 이혜수
장인수, 정 겸, 정완희, 정충화, 정한용, 주선미, 최지영
하태린, 홍 솔

■ 운영위원

김도연, 김명은, 김미옥, 김송포, 김정수, 김진갑, 정한용
홍 솔

■ 사무국

사무국장 김송포, 총무 김미옥, 오프라인행사팀장 김도연
회지발간팀장 정한용

■ 회장

장인수

빈터문학회지 18집

연둣빛 행성

1판 1쇄 발행	2024년 1월 30일
지은이	빈터문학회
발행인	윤미소
발행처	(주)달아실출판사
책임편집	박제영
디자인	전부다
마케팅	배상휘
법률자문	김용진
주소	강원도 춘천시 춘천로 257, 2층
전화	033-241-7661
팩스	033-241-7662
이메일	dalasilmoongo@naver.com
출판등록	2016년 12월 30일 제494호

ⓒ 빈터문학회, 2024
ISBN 979-11-7207-000-7 03810